Gaea

Gaea

超惡意財神 2

林明亞 —— 著

超惡意財神2

目錄

本故事發生於與現實世界極度相似的架空世界，劇情純屬虛構，如有雷同實屬巧合。

第3章 林氏孤兒

私立靜文中學，二〇三班。

「我說過，投資的眼光，是財神最重要的能力。」

「……」

「好吃吧？」

「哼。」

「我就姑且當作是好吃到受不了的意思。」

阿爺叼著冰棒，瞥身旁的迎春一眼，隨即笑得如教室外的陽光燦爛。

距離嚴奶奶過世，兩、三年的時間過去，光陰沒有在他們的外觀留下任何痕跡。

被是非門判定暫不適任城隍的迎春還是像個平凡的女高中生，介於粉紅與乳白色之間的短髮依舊，單側的劉海半遮著透亮的眼眸，還是披著寬鬆的薄外套、還是暗色的百褶裙與褲襪，服裝如新，丹數不高的褲襪連一點勾破的洞都沒。

但周身象徵城隍地位的獄炎紅光有些暗淡，被拔除神權的她自然過得不太好。

她舔著一根深紅色的冰棒，離恢復城隍神職的日子還有九十七年又四個月。

「我不懂投資與冰棒又扯得上什麼關係？」

「……一想到還得跟一根朽木相處這麼長的時間，我就覺得度日如年。」

「你覺得用冰棒棍從耳朵插進去的方式，足以弒神嗎？」

「妳不覺得一邊吃著我的冰、一邊要我的命，很過分嗎？」

「從所有權的角度來看，這不是前輩的冰，因爲前輩沒有付錢、沒有付出任何代價，只不過是利用神權從塵世複製過來而已。」迎春越來越懂得怎麼對付前輩了。

「這妳就錯了。」阿爺高高舉起剩一半的深紅色冰棒，得意地說：「這就牽扯到距今六十幾年前的故事，以及，本人神奇的投資眼光。」

「我最近在生前輩的氣，所以並不想聽一段毫無意義的故事。」

「這根在台灣暢銷幾十年的黃媽媽牌火龍果冰棒，正是我最漂亮的投資項目之一，剛開始這不過是媽媽弄給孩子吃的消暑冰品，但我一吃之下驚爲天人，知道背後的商機無限，趁其他財神沒發現之前成功結緣，使用財神神權，沒多久就有金主找上門投資，開啓了一篇稱霸冰棒市場的傳奇故事。」

「……」

「簡單來說，如果不是我抱持著『讓人快樂』的善念，妳是吃不到這根冰棒的，懂了吧？這就是因果。」阿爺的語氣就像在跟永遠追不上進度的學生說話。

「然後呢？」迎春吃完了冰棒。

「哪有什、什麼然後。」阿爺不願再繼續宣傳自己的偉業，看向教室前方準備上台的學生。

「然後，上門投資的金主居心不良，幾年後就成功竊取了火龍果冰棒的配方，還自創了黃姊姊這個品牌名稱在市場上跟黃媽媽打對台，害年事已高的黃媽媽氣到中風，在四個月後過世，其子繼承這塊招牌，跟金主纏訟十三年終於勝訴，才有今日的好口碑與好風光。」

「……」

「眞不愧是最惡意、最無恥的財神呢，前輩不受業績壓力的逍遙日子，在黃媽媽去世終結，不過短短幾年。」迎春嘲諷道：「你以爲我身爲城隍，要逮神之前都不用做功課嗎？」

阿爺的笑容像是湯放太久浮起凝結的油，堅強地說：「咳，不過現在不同了。」

「絕對沒有不同。」

「這孩子……必是我最新的投資代表作。」

站在教室後方的阿爺與迎春視線一齊往前，望向正前方的講台，上頭站著特別成熟的女孩，絲毫不怕生也無懼底下二十幾雙好奇的目光。

「大家好，我叫作林音。」她沉穩地開口。

今天是開學的第一天，她轉來二〇三班，初次見到新同學，便展現出自己眞摯的一面，謹愼地整理了自己的長馬尾辮與本來就沒半點褶痕的襯衫與裙襬，光是這樣不經意的小動作就讓班上數名男同學的心跳加快。

「我的專長是國文與社會，興趣是、興趣是……看一些時尙穿搭的刊物，然後我是摩羯座，再來、再來……」林音似乎有些遲疑，但遲疑沒太久，鬆開緊繃的神經，覺得沒什麼需要隱瞞的，坦白地說：「我的父母雙亡，所以我是個孤兒，在被領養前都生活在育幼院，很多規矩可能不太瞭解，請大家多多指教。」

教室揚起熱絡的掌聲，並不認爲孤兒有什麼問題。

隨即有名男同學肩負起全數男性的希望，積極地舉手問：「有沒有男朋友？」

氣氛立刻鼓譟了起來，該名男同學獲得如英雄般的掌聲。

林音的臉暈開一片粉紅色，勉強沉著地說：「沒有。」

更多的怪叫與起鬨樂此不疲，直到女同學們看不下去出聲怒罵阻止。

「因爲……過去，不管是在住進育幼院之前或之後，我都是過著大家無法想像的貧困生活……」林音的說話聲其實不大。

沒想到一個八卦問題，會牽扯出悲傷的過去，整間教室慢慢地靜下來。

「要不是養父願意栽培，又將我轉到這麼好的學校讀書，我可能還在想辦法打工賺學生制服的錢，所以除了認眞讀書，其他的……我沒有想法。」林音面紅耳赤地雙手握緊麥克風，認眞道：「但我也很嚮往談一場戀愛。」

如此苦惱、愼重地回應一道根本沒意義的問題，產生的可愛反差讓班上再度鼓譟起來，女同學提醒林音不要理會無聊的男生，而男同學紛紛說要一起讀書，還願意提供各式各樣的參考書。

「她眞的變得很多……」迎春輕輕地說，用著很濃厚的情緒。

「妳也絕對不能否認，她過得比原本更好、比原本更快樂。」阿爺相當驕傲，「我敢說，本神未來七十年的業績靠林音就夠了啦。」

「……」

「別忘記，讓林音不小心燒掉育幼院的凶手是妳，如果我不與她結緣，用神權給予福報，所有住在那裡的孩子早就流落街頭，包括林音。」

「前輩，你確定還要再提這件事嗎？」迎春搶過阿爺吃一半的冰棒，報復性地放進嘴巴吃掉。

「為什麼不提？」阿爺歪著嘴反問，發現這位城隍自從露出真面目後，就再無任何少女形象可言。

「確定？」迎春咬斷了冰棒棍。

「妳這野蠻的……」阿爺有些退卻，強調道：「上次不是約好不准咬人的嗎？」

「沒說不能咬神。」

「……」

「前輩讓那種人間禍害領養了可憐的小林音，就應該轉生成一條食用豬，受糖醋排骨、熱炸豬排、煙烤乳豬之刑。」迎春咬牙切齒。

「妳給我住口，不准用看見佳餚的眼神打量我！」阿爺後退了幾步。

他懷念起過去，迎春為了要調查自己，刻意演出的嬌媚形象，就算是演的也沒關係，無論如何總比現在動不動就咬人、罵人、打人好。

□

一般來說，幼童時期的記憶，長大後會遺忘。

但林音沒有，她記得格外清楚。

四歲的某一天，她一大早起床，就被告知要出去玩。

出去玩是一種很模糊的概念，對她來說出去玩就是在家裡的陽台玩，可是今天的出去玩不太一樣，臉色永遠疲憊蒼白沒一絲笑容的媽媽，忽然變得好溫柔、好親善。

媽媽親自替她紮了馬尾，綁上一個音符圖案的髮圈，換一套平時捨不得穿的乾淨洋裝。

照著鏡子，瞧著鏡中的人，林音覺得自己變得不一樣了，但究竟是哪裡不一樣，卻又說不太出來。

是自己的笑容嗎？

還是媽媽久違的笑容？

媽媽輕輕地說：「等等我們去買甜點吧。」

「……」林音產生了不太好的預感。

上一次有甜點吃的時候，是自己摔傷了腿，上上一次有甜點吃的時候，是媽媽去醫院照顧爸爸，三天三夜只有自己在家。

說到爸爸……如果對媽媽的印象是冷漠的話，那對爸爸的印象就是「無」，爸爸整天都在房間，大多的時間皆躺在床上，看見腳底板的次數比看見臉的次數還多。

「好了，是不是很漂亮？」

「是……」

林音只能點點頭，被媽媽牽起手，一起出門到雜貨店，將小背包裝滿餅乾、麵包、糖果，讓雙肩沉甸甸的，連腳步都沉甸甸的。

她們沒有回家，繼續出去玩的行程，她們搭了很遠、很遠的車，遠到天空都變得像被火焰燒過，雲朵漸漸化成灰，歸於黑暗，直到再無半點光芒，一片死寂。

下了車，再走很遠、很遠的路，林音小小的身軀開始吃不消了，小聲告訴媽媽想要回家，但媽媽對於出去玩這件事莫名堅持，耳朵聽不見任何聲音，手握得很緊，神色凝重，雙眼直視著前方一棟老舊建築，獨棟，兩層樓高，在黑夜中沒點半盞燈，有些陰森。

「要記得。」媽媽終於停下腳步，踩在碎石子路的聲響戛然而止。

「記得什、什麼？」林音喘著氣。

「記得要說，妳什麼都不記得了。」

「不記得？什麼意思？媽……」

「不記得我、不記得爸爸、不記得家、不記得名字。」

「嗄?媽、媽?」

「記得讓自己過得更好。」

「我……」

「記得要跟其他人好好相處。」

「跟、跟誰?」

「我在這邊等妳，妳去按電鈴說要找阿姨。」

「什麼阿姨?」林音緊張得雙手摩挲，無助地望著親生母親。

「去按就對了。」媽媽輕推了女兒一把。

「我嗎?」

「對，快去，乖。」

「不……」

「快。」

「喔……好。」

林音百般不願靠近前方五十公尺處的建築物，不過她向來是最聽話的孩子，硬著頭皮，雙手護在胸前，咬著嘴唇就往前走，踩在鬆散的碎石子上，雙眼緊盯自己的腳背，算著步數，連抬頭都不敢。

彷彿前方，就是故事中虎姑婆的家，裡面有很多孩子被晒乾，吊起當成食物。

可惜，不管有多不願意、不管速度放得多慢，短短的五十公尺終究會走到終點，林音不得不抬起頭，仰望比自己高兩倍的鐵門，以及旁邊的鐵灰色門鈴。

按下去，萬一眞的有虎姑婆衝出來怎麼辦？

她慢慢地回過頭希望媽媽能收回指令……

咦？

媽媽呢？

林音焦慮地東張西望，看不見母親的身影，不，附近根本連個人影都沒有！

眼淚隨即失控，撲簌簌地落下，她不敢哭出聲音，深怕虎姑婆會聽見。

她邁出短短的腿，一面擦拭阻擋視線的眼淚、一面壓低音量呼喚媽媽。

「媽……妳在哪邊？」

「媽、媽媽……媽……」

「快點回來好不好？」

「是音音做錯事了……對、對不起……對不起……」

「在哪裡、在哪裡嘛……」

「妳不要嚇我……」

嬌小的林音身心俱疲，跌坐在石子路上，除了那棟虎姑婆的家之外，無法辨明任何的方向。

她走投無路，今天搭了這麼久的車、走了這麼遠的路，連一點點體力都擠不出來了，最後連站都站不起來，面對如此險境，只能不顧危險，吸足了氣放聲大喊……

「媽！」

「妳媽在煮早餐，今天吃鹹粥，快去刷牙洗臉。」

德叔打開房門，卻沒有進房間一步，是擔心林音作惡夢，才刻意出聲喚醒她。

林音坐了起來，薄被遮住身體，腦袋昏昏沉沉的，似乎尚未從夢境中抽離。

「怎麼了？」德叔關心地問。

「沒，睡昏頭……」林音抹掉嘴角的口水。

「哼，就說不要熬夜看那些沒營養的東西。」德叔搖頭。

「這部美劇全班都在看，可、可以學英語會話，怎麼能說是沒營養嘛。」

「少來這套，難道我看布袋戲是為了學台語？看棒球是為了學打擊？」德叔雙手負於後背，毫不留情地吐槽，掛著難得的微笑慢慢走遠。

「爸爸是老古板！」林音抱怨一聲，看向手機顯示的時間，發現時間緊迫，再不加速可能會遲到。

走好幾步才順利關上房門，她有點不知道該怎麼開始，明明已經住了一段時間，這房間仍是大得很不習慣，吊在窗戶的諸多裝飾，跟自己同高的整面衣櫃緊貼著同樣大小的書櫃，另外還有高級的電腦桌，寫作業用的書桌，用來追劇的影音設備，寬闊的雙人床另一邊睡著超大型的熊布偶。

其實林音並不是很喜歡這一切，但是養母很喜歡，自己便沒有理由反對。過去在育幼院，房間是由好幾人平分，什麼衣物、雜物、食物統統得塞進一個小小的置物櫃內，現在擁有的空間大好幾倍，林音反而常常找不到東西。

「我、我的髮圈呢？」

等穿戴整齊、梳洗打扮完畢，坐在餐桌前，已經比平時遲了七分鐘，她有些坐立難安，但不想辜負養母一大早起床烹飪的精緻早餐。

德叔在江湖闖蕩數十年，看透無數三教九流人物，怎麼會不知道女兒的心思，寬慰道：「放寬心吃，不會讓妳遲到。」

「來來來，這可是惠姨特製七鮮五穀粥，熬了七、八個小時吶，燉到裡頭的魚翅、魩仔魚、海參都化成湯了，鮑魚、草蝦、蟹腳肉又Q又軟，說有多好吃就多好吃。」德叔的妻子惠姨坐在桌邊，欣喜地望著這對父女，等待他們露出欽佩的表情。

「好好吃。」林音表現得很詫異，「媽，妳以前眞的不是廚師嗎？」

「哎喲，我就是賣內衣褲的，哪是什麼廚師。」惠姨笑開懷，風韻猶存。

這樣的生活對於她來說，原本是完全不能想像的。

和德叔相識，源自過去工作的黃昏市場，德叔是管委會的主委，負責統籌整個黃昏市場的運作。從第一印象來說，他一身金鍊、金錶、金戒，年紀又快六十，整體像鄉下來的暴發戶，可是經過打聽，才知道沒那麼簡單……

管委會主委不過是明面的身分，德叔其實是在道上赫赫有名的大人物。

惠姨僅是個小小的攤販當然不敢招惹，戰戰兢兢地在黃昏市場賣內衣褲，乖乖地定時繳租金跟清潔費，好在市場人潮不息又沒有小混混敢鬧、敢討保護費，收入一直維持穩定。

德叔時不時會泡兩杯茶到攤位上聊天，關心一下生意的狀況，談談環境衛生的改善，這樣的互動久而久之就變成一種習慣。惠姨覺得自己年老色衰了，自然沒想到那方面去，還很不好意思讓一個大男人被萬紫千紅的胸罩包圍。

後來，在不知不覺中芳心慢慢被打動，感受到德叔的特別照顧與保護，自己乾脆地開口問德叔到底想怎樣……

「年紀大了，不想再打打殺殺，賺的錢夠三輩子用。如果我們能一起過，我馬上就金盆洗手，認養個孩子、組個平凡的家庭。」

每次想到這段，惠姨都會嗤嗤地笑了起來。在同一張餐桌上的德叔、林音早就見怪不怪，父女倆將早餐吃個一乾二淨，急急忙忙地出門了。

惠姨收拾著空碗，幸福的微笑一直掛在嘴邊，自己或許不是最漂亮、最幸福的女人，但肯定是最幸運的。

丈夫這兩、三年來，漸漸退出江湖，投入許多慈善工作，造橋鋪路、建廟修寺，贊助清寒孩子的營養午餐，捐獻了一大筆錢給遭遇火災的育幼院，還獲頒好人好事的證書。

要不是因爲ＡＴＭ盜領的事件實在是鬧得太大，延誤脫離黑社會的時程，否則幸福會來得更早。

而女兒更不用說，自己無法生育，林音不是親生的，但林音和自己一樣都吃過苦，半分的任性與驕縱都沒有，孝順又有禮貌，功課學業都不用擔心，像仙人掌種下去，什麼都不用管自然長得又高又壯。

惠姨一邊唱著歌仔戲小調、一邊在流理台洗碗……

「這儼然就是人們最幸福的模樣。」坐在餐桌上的阿爺，欣慰地撫掌微笑，還眞有幾分財神的儀態。

「……」迎春臭著一張臉，站在一旁最熟悉的位置。

「妳是不是見不得別人好？」

「拜託，這裡的每一磚、每一瓦、每一滴水、每一粒米，全部都是沾滿血腥的錢，建立在不幸上的幸福，根本一點都不好。」

「錢是最乾淨、最純粹的東西，髒的向來是人、是用途。」

「不要再說這種歪理了。」迎春雙手抱胸，單刀直入的性子一覽無遺，「你可不可以坦白講，到底又想做什麼？」

「沒有。」阿爺誠摯地搖頭。

「你這句『沒有』的尾音微微上揚了幾度，代表絕對有鬼。」

「……」

「被我說中了吧。」

「欲、欲加之罪，何患無辭？」

「少給我來這套！」

「唉……」

「給我老實交代。」

「其實財神的工作，無論千百年，做的都一樣，就是見證貪婪而已。」阿爺苦笑著，扭過頭，甩動長至大腿的領帶，對著受罰的城隍說：「您的財神體驗課程尚有九十七年的額度，我們還是慢慢來吧。」

迎春掠起領帶，勒緊阿爺的脖子。

□

私立靜文中學，二〇三班。

中午十二點，教室內秩序蕩然無存，這也大概是一天當中，同學們最輕鬆自在的時光。

午餐時間，導師回辦公室吃飯，教室等於無政府狀態，不過能讀這間學校的孩子也不會過分脫序到什麼程度，頂多就是打開教學用的一百二十吋電視播放些韓國女團的性感MV。

林音左手捧著塑膠便當盒、右手舉著叉子，不免感歎這午餐太好吃了吧。

她的感歎其來有自。雖然說學生吃的都叫營養午餐，但這不是一般的營養午餐，校方是直接與附近著名的餐廳簽約，每家餐廳只負責三個班級的食物，讓學生不會連續兩天吃到一樣的東西。

如果學生嘴巴更刁一點的話，走到隔壁班去，就能交換到不同家餐廳的美食，一邊吃、一邊用手機上網查查看顧客評價或是食記，午餐吃起來別有一番風味。

這個德國小香腸真的太好吃了，林音享受著外脆內嫩的美妙口感，下定決心每一天都要想辦法交換到這家飯店的餐盒。

她的左右各坐著一位女同學，正在毫無目標地閒聊，嘴巴都用在說話而不是吃飯，與林音正好徹底相反。

「音音，今天早上載妳來的是……是養父對吧？」坐右側的女同學早上瞧見了一輛狂飆的休旅車，在生教組長虎視眈眈下，於遲到死線前抵達。

「是的。」

「喔……」女同學略帶深意地低吟。

「是不是很土？」林音笑道，含著叉子。

「不，我不是這個意思……」

「我也覺得他很土，一直勸他說胸前的金鍊、金牌別戴，但他又說這是財神廟發財金打造的不能不戴。」林音好氣又好笑，繼續道：「我又勸他不然那四、五個金戒別戴了，結果他又說是媽媽送的訂婚、結婚戒不能不戴……所以我放棄了，他永遠都是阿土伯的造型風格啦。」

「我爸也禿頭、暴牙長得不好看呀……只、只是我覺得妳爸……」女同學面有難色，覺得自己不太禮貌。

「沒關係的，我們不過是聊聊而已，等等我就會忘記。」

「就是今早……妳爸的車開得太快，妳下車跑進教室之後，其實生教組長有過去敲敲車窗，打算提醒幾句的樣子。」女同學困惑地描述一早見到的情況，「妳爸搖下車窗一直笑著道歉……」

「有道歉就好。」林音淺笑。

「然後我看見……看見那個被稱爲惡鬼的生教組長……似乎很恐懼的樣子。」

「嗄？怎麼會？」

「所以我才擔心，妳那位養父會不會揍妳之類的……」

「揍我？」林音的反應稍大，連叉子上的半截德國小香腸都震掉在地上。她趕緊彎腰，撿起落地的食物，一口放進嘴巴，咀嚼道：「拜託，我爸這種老好人怎麼可能會動手打我。」

「音音！」左右兩邊的女同學同時驚呼。

林音嚇一跳，難道有個不會打人的養父這麼不可思議嗎？還是大家在家裡都常常被打？

「快吐出來！」右邊的女同學迅速拿出面紙，難受地說：「掉地上的東西髒死了，妳、妳怎麼開口就吃掉呀？萬一拉肚子該怎麼辦？」

「啊……」林音恍然大悟，原來是過去的壞習慣又犯了，表情有幾分尷尬，不知道該不該繼續嚼下去，「其實味道沒變，一樣好吃。」

「不是味道的問題啦！」

「但這個香腸眞好吃。」

「想吃，我們的都給妳啊，欸，快吐出來。」

在女同學的催促之下，林音乖乖地吐掉香腸，而左右兩邊的好友們，也履行承諾將自己的便當盒推過來，一副「隨便妳吃都沒關係」的模樣。

「都給我？」

「行啊，反正我們最近約好要減肥。」

「妳們可眞是浪……」

林音看她們的中餐，吃不到四分之一，上頭的美妙菜餚會在二十分鐘後被倒進廚餘桶中，成爲豬的餐點或者是焚化爐的燃料。廚師的用心、高級的食材、神奇的調味將全然失去意義。

回想過去在育幼院，雖然不到餓肚子的程度，吃的東西卻眞的是粗茶淡飯，即便如此，也絕對沒有人浪費食物，除非是生病或有特殊狀況，否則不可能有飯菜剩這麼多的情況。

她本是想開口勸勸好友們珍惜食物，順便說說自己在育幼院的艱困生活，可是話說到一半，旋即明白這是生長環境的差異，就像獅子無法理解兔子的偏好，富人無法理解窮人的哀愁。

這種浪費已經是一種生活習慣。

何況，林音捫心自問，過著餘裕浪費的生活好，還是過著不算窮困但沒多餘能浪費的日子好。自己根本不會猶豫，就算時間倒轉一切重來，她也要付出生命，在死前過此刻的生活。

「我也沒資格說什麼……」林音低語了一句，隨即展開笑顏把朋友們的德國小香腸都吃光。

「再多吃點，看妳吃東西總覺得特別萌呢，呵呵。」女同學摸摸林音的頭。

「其他吃不完……咦，等等，妳是不是把我當狗？」

「不是！是可愛的小兔子喔。」

「喂，小兔子也是畜生啊！」

林音和同學們打打鬧鬧，在座位上玩成一團，氣氛頓時青春洋溢了起來。

依然待在教室後方的阿爺也含著一根德國小香腸，口齒不清地說：「啊……年輕眞好。」

迎春這回沒吃東西，僅僅像是林音的守護神，雙眸專注地環顧整間教室，注意任何風吹草動。

彷彿在呼應迎春的犀利目光，外號是惡鬼的生教組長從走廊直接奔進教室，站在講台上，掃視所有學生，同一時間，原本吵吵鬧鬧的氛圍瞬間安靜下來，大家都以爲惡鬼要來找碴了，沒想到……

「林音，跟我走一趟。」

班上所有同學的目光，瞬間聚焦在林音身上。

就連迎春也感到不解，但她的目光反而定在阿爺詭異上揚的嘴角。

「妳聽見了嗎？」

「不要裝神弄鬼。」

「這是名爲因果的巨輪，開始快速轉動的聲音。」

阿爺將嘴裡的食物吞了進去，享受其中滋味，如置天堂。

□

私立靜文中學，校門口。

三位校警與三位學務處的老師一起阻止著一位校外人士。

校外人士的年紀不算太大，大概四十歲上下，長相相當溫文儒雅，就是剛起了爭執，導致無框的眼鏡歪向一邊，三七分的髮絲亂掉，白襯衫被扯掉一顆鈕釦，原本慘白的臉色因爲激動逼出不正常的血色。

爭執的點在於，他想要入校，而不得其門而入。

作爲一間學費比公立學校貴上三、四倍的私立中學，校方要保障少爺、千金的安全，校區本來就不對外開放。往常遇到這種事情，校警會出聲勸導請離，遇到不聽勸的就報警，遇到想硬闖的就強制驅離……但今天的案例比較棘手。

「我來找親生女兒，難道不行嗎？你們怎麼可以阻止我！」

「先生，你的女兒是哪個班級？」

「不知道。」

「長相有特徵嗎？」

「不知道。」

「有女兒的聯絡方式嗎？」

「這個……也不知道。」

「名字呢？」

「林音。」

「你就只知道一個名字，我們該怎麼放你進去？」態度算比較柔和的老師希望講道理，「我們也無法證明你與林音的關係。」

「我、我和女兒的血緣就是鐵證，怎麼會無法證明？」這名校外人士再度激動起來，胸口起伏，有些喘。

「抱歉，這牽扯到太多問題。」

「我叫作林賢生，特、特地從屏東上來，如果見不到女兒絕對不罷休。」

「你要不要稍作休息？到警衛室坐坐好嗎？」

「我的時間、時間緊迫……你們不要浪費我的時間，馬上讓我見到林音！」校外人士又想往內闖，雙方再次出現肢體接觸。

在正對著校門口的辦公室大樓，第三層左邊數來第六道窗，林音與生教組長清楚地看著這一切，兩人的臉色都有幾分怪異。

「這位，妳到底認不認識？」

「我……」

林音有些遲疑，老實說她眞認不出這位校外人士是誰，可是……總有幾分莫名的熟悉。爲什麼會對陌生人產生熟悉感，而且還不是一面之緣或擦身而過的那種熟悉？

這疑惑讓她越發遲疑。

「要不要我聯絡妳的父母？」生教組長建議。

「老師知道我的出身吧？」林音遲疑地問。

「我剛查過妳的檔案。」

「我一直認爲親生父母過世了……」

「沒關係，妳不用太在意，這交給我們處理就可以。」

說是這樣說，但林音的腦袋一片混亂根本不可能不在意，即便不能在短時間之內確定血緣關係，光靠那股獨特的熟悉感，就無法淡然視而不見。腦海裡各種疑問旋繞，都已經過了十年，怎麼會現在才出現？爸爸在這裡，那媽媽又在哪裡？自己以前是住在遙遠的屛東嗎？

她一臉茫然，觀察校門外這位自稱是林音之父的校外人士，從帶著怒意的焦慮語氣、從不顧阻擋的肢體動作……這幾點綜合起來，不像是詐騙集團，也不像是認錯人，從頭到尾都很堅定自己的意念。

正因如此，林音思索得越深入，心臟跳得越劇烈，那是無法言喻的驚慌失措。

連生教組長都發現不對勁，連忙勸道：「妳不用太緊張，就算無法辨認也無所謂，我們會好好處理，妳先回去教室。」

林音不為所動，依然站在原地，透過一道窗注視著，連眼皮都沒眨。

校門口的爭執漸漸演變成衝突，老師已經報警，知道時間所剩不多的校外人士，不顧自身的喘息漸重，咬緊牙關打算豁出去一搏，明知闖不過也要為失蹤十年的女兒硬闖。

觀察幾天了，接近女兒並不容易，要避開那個黑道分子，只有上學這段黃金時間，他一想到這點更是一往無悔。

但很遺憾……身體不配合也不爭氣，嘴巴開始吸不進空氣，肺部整個扁塌，心臟努力要跳動運送氧氣，卻一點效果都沒有，彷彿有人拿著一塊巨石壓住胸膛，再用皮帶綁住脖子。

雙腿一軟，他的雙膝一跪，趴在不乾淨的地板上，左腿露出金屬義肢，努力地嘗試呼吸並掏著長褲口袋。

校警與老師們紛紛退開，搞不懂發生什麼事，怎麼一下子要硬闖、一下子又倒地不起。

「是氣喘……對吧？快打電話叫救護車！」不知道何時已經衝到校門的林音掩嘴驚呼，同時幼年時對親生父親的印象，正一點一滴地勾勒形成。

校外人士在旁人驚疑的目光中，總算從口袋摸出一瓶支氣管擴張劑，放進嘴巴當中用力按了三下，藥劑很快就發揮功效，漸漸紓解他的痛苦，使氣管慢慢舒暢，空氣能夠進入肺部。

不過，他似乎喪失站起來的力氣，明明有著相當斯文的書生形象，卻搞得狼狽不堪，白襯衫髒兮兮，眼鏡碎掉半邊，連旁觀的警衛與老師們都有些同情。

「你……你還好嗎？」林音試圖過來攙扶他。

但無論怎麼出力都沒有效果，畢竟體型存在不小的差異，對方也沒辦法配合。

「妳是林音對不對、對不對……對、對不對？」

一名四十歲的中年男子凝視著一名僅有十四歲的國中少女，在大庭廣眾之下痛哭失聲，完全無法控制地放聲大哭，彷彿將累積整整十年的虧欠一次釋放。

過去林林總總的回憶，一股腦隨著眼淚湧出，他無數次在午夜夢迴的時刻，試圖猜想女兒十四歲、二十四歲，甚至是三十四歲的樣貌，現在揭曉了眞相，竟然與猜想的差異不大，不禁悲從中來。

他哭得語無倫次，可以重複一直聽到「對不起」、「是我的錯」、「很抱歉」、「請原諒我」之類的辭彙出現，然後拼湊成一名不盡責的父親，對女兒由衷的內疚。

林音不知所措，身軀的每一個細胞都能感受到巨大悲傷。

□

林音知道爸爸很生氣，當然這個爸爸是指德叔。

德叔接到學校通知，知道一個不知來歷的校外人士自稱是林音之父，他第一時間是懷疑道上的對頭在作怪，要不是婚前對惠姨承諾過不再動刀動槍，依他年輕時的衝動個性，早就已經坐不住了。

社會事用社會的方式處理，可禍不及家人是最基本的道義，他因此有了展開報復的道德至高點，反而非常好辦事。只怕這位校外人士真的是林父，那才是事情大條。

就算養條狗，三年的感情也不能輕易割捨，何況是女兒，乖巧聽話善良溫柔孝順懂事的女兒……

林音不知道坐在屋簷下喝酒的爸爸已經想得多遠，換上一身輕便的裙裝，逕自拖著行李箱就要出門。

在這種敏感時刻見到行李箱，即便德叔知道林音要去哪裡，眼皮依舊不安地抽動，柔聲地問一句連自己都覺得很蠢的話。

「妳還會回家吧？」

「媽媽晚餐要煮砂鍋魚頭，我一定會趕回家呀。」

「不然我載妳？」

「不要，誰教爸爸長那麼凶，會嚇到孩子們。」

「眞是沒大沒小。」

「嘻嘻，掰掰～」

林音嫣然一笑，揮了揮手，安撫爸爸，就穿上皮鞋離家。

爲了趕上巴士，她不知不覺加快了步伐，後頭的阿爺與迎春倒是悠悠哉哉地跟著。

身爲一位盡責的財神，跟隨著有結緣關係的人移動，是很合理的事，阿爺提出這種說辭。什麼都反對的迎春難得沒有意見，她擁有城隍的獨特直覺，知道有什麼事情將要發生。

「能夠一次盯住加害者跟被害者，我當然支持。」

「妳怎麼可以把散播快樂、散播愛的財神說成是加害者，知道有多少信徒巴不得我每天跟在旁邊嗎？」

「你這種超惡意的財神，不能跟其他正經、正當的財神比較。」

他們一起來到客運車站，林音先是去確認一下班次的時間，發現還有十五分鐘左右的餘裕。

她找了一個空座位坐下，拍了拍自己的行李箱，歪著頭似乎在盤算什麼，扳著手指頭，數過來又數過去，最後仍是不滿意，進附設超商裡挑了滿滿一袋的巧克力。

超商店員替她結帳，親切地說現在購物滿五百塊，送一張驚喜刮刮樂，不黯世事的林音果然乖乖再買了一罐飲料，讓結帳金額超過五百塊。

「請問最大獎是什麼？」林音踮起腳尖問。

「好像是特斯拉吧。」超商店員很樂意回答可愛女孩的問題。

「特斯拉？」林音對於這種像機器人之名的東西一點興趣都沒有。

「是一種電動車，妳不用擔心，反正也抽不到。」

「我沒有駕照，開不了車。」

林音對車子沒半點興趣，從口袋掏出十元硬幣，專注地刮去刮刮樂上頭的銀漆。超商店員微笑著沒再注意她，繼續替店內的客人結帳，直到聽見了林音的抱怨。

「唉，眞倒楣。」

「連冰淇淋都沒中嗎？」

「我明明就不喜歡這個特、特什麼拉的，結果偏偏……」林音嗔道。

「……」

整間超商瞬間凍結，彷彿冷氣噴出的是零下一百二十度寒風，讓所有人事物進入冰河時期……包括迎春，全數動彈不得，嘴巴微微張開，雙眼瞪到最大。

全國上千家的連鎖超商，不知道多少人在刮，價值近四百萬的頭獎就這樣落在附設於客運車站內的小店面，還被沒有駕照的國中生抽到？

迎春惡狠狠地捶了阿爺幾拳，「你這樣隨意濫用神權，不怕塵世的資源失衡嗎！」

「不……」沒想到會引起這麼多人關注，林音紅著臉，歉然道：「開玩笑的啦，哪、哪有那麼容易中嘛。」

不知道爲什麼鬆了一口氣的店員與數名客人紛紛露出笑容，被長相討喜的小女孩惡作劇，心情卻變得很好，凍結的超商解凍，大家恢復動作，該購物的購物、該結帳的結帳。

除了阿爺與迎春。

「好嘛，對、對不起。」迎春甩過頭去，勉爲其難地道歉。

「……」阿爺一動都不動。

「欸，是不會說沒關係喔。」

「……」

「小肚雞腸，你不要再裝死。」

「啊……抱歉，剛剛被打得差點神魂俱滅，請原諒我的神智一時無法回應。」

「最好是有那麼嚴重啦！」

「才剛經歷一場駭人聽聞的職場霸凌，請恕我還無法計算出身心靈的受傷程度。」

「浮誇！」迎春是有些內疚，但維持不了多久就被某位財神的討厭表情沖刷乾淨，「打過、踢過這麼多次，你還不是身體健全，成日想辦法氣我。」

「唔……等等，後勁來了，啊、啊痛啊啊……」阿爺維持浮誇的演技，像被大卡車撞到。

「好好好，我讓你打回來，總可以了吧。」迎春半脫外套，將整面背亮出來，緊緊閉上眼睛，抿著嘴唇準備忍痛挨揍，「先說好，不准用腳。」

阿爺雙手握拳，對著空氣刺出幾拳熱身。

「用拳頭也算犯規！」迎春特別強調。

「……」無可奈何的阿爺抬起手，惡質地撥亂她整頭粉色髮絲，嚴肅地說：「不要再玩了，沒看到林音已經去搭車了嗎？」

在阿爺與迎春相互折磨的同時，林音已經提著整袋巧克力、拖著行李箱，準備搭上巴士了。

「喔？」阿爺明顯感受到業績增加了。

所謂的福運、機遇有各種不同的實現方式，雖然爲了方便表達，常會用塵世的貨幣單位換算，實際上難以精確量化，像是撿到一台二手手機、找到一份不錯的工作、因禍得福、否極泰來都算在財神的業績。

他的心情顯然不錯，帶著迎春一躍登上車頂，跟著巴士一同出發，周身的祥瑞金光如同雀躍地跳舞一般閃耀，迎著溫熱的暖風，宛如要前往快樂的員工旅行。

林音心情也很不錯，手中握著一張中四獎的刮刮樂，沖繩雙人行商務艙來回機票。

□

育幼院。

林音成長的地方。

當初意外燒塌的房舍，在德叔的捐款協助下，整個打掉重蓋，三年過去依然嶄新，外牆的瓷磚整整齊齊無一脫落，在中午的陽光中閃閃發光，跟過去死氣沉沉宛若鬼屋的情況截然不同。

她每月都會找個假日回來，見見老師、朋友、兄弟姊妹，跟大家一起吃頓午餐。熟門熟路，像回自己家一樣，林音甫踏進屋內，立刻響起諸多的招呼。

「小音回來啦。」

「是音姊姊！」

「音音快過來，今天午餐吃咖哩飯。」

「先坐、先坐，等等就煮好。」

「音妹，是不是遇到堵車呀？」

林音走到一張可容納十五人的長餐桌，先將自超商買的巧克力發下去。在廚房忙的黃老師探出頭，大聲警告「要等午餐吃完才能吃唷」，沒想到年紀最小的妹妹迫不及待，已經吃掉一塊，連忙使眼神要大家不要說出去。

早就知道會這樣，林音將食指豎在唇瓣前表示配合，再將行李箱抬起，周圍的孩子雙眼放出期盼的光芒，知道重頭戲來了。

林音打開行李箱，嘴巴發出「鏘鏘」的趣味音效，一件一件將裡面的東西取出來。

「這是清妹妹的輕小說、這是官官的背心、這是小余的布包、這是蛋蛋的髮箍、這是善眞的襪子、這是書書的鍵盤、這是君宜的雜誌、這是上次說想一起玩的桌遊，還有這些是我比較不合身的衣物，妳們自己挑吧，喜歡就拿走沒關係……對了，另外這些……」

孩子們很有秩序與禮貌，各自拿到給自己的禮物，皆感激地道謝。

「都說好了，不用說謝謝呀，以前我住在這，大家不都跟兄弟姊妹一樣嗎？」林音淺淺地笑。

「這裡畢業這麼多人，也只有音音常常回來照顧我們……」不知道是誰幽幽地丟出這句。

餐桌的氣氛忽然有些氣餒，這間育幼院可能地處偏僻的關係，獲得的資源比較不足，裡面的孩子雖能三餐溫飽，但再要更多就別想了，他們從八歲到十五歲都有，出去讀國小、國中，跟同學一比較就會明白，孩子的成長絕不是吃飽就夠了。

林音正是深刻地明白這點。

「我是被富裕的父親領養沒錯……可是我天生就不是千金小姐的命，比起將零用錢花在幾千元的髮型、上萬元的服裝……我情願送些禮物給你們。」她淡淡地說：「至少讓你們在班上比較抬得起頭，不會一直被嘲笑嘛。」

這是大家共同的經歷，縱使這段聽起來刺耳，甚至有幾分嘲諷的意味，但林音當初在學校被欺負得多慘，在場年紀大一些的孩子都清楚，所以嘲諷也變得像在自嘲，反而多了同病相憐的味道。

「你們還想要什麼，跟之前一樣都寫在單子上。」林音挽起袖子準備去廚房幫老師的忙，「我有辦法買到的話，下次，嗯，大概是期中考過後，會再裝行李箱帶過來。」

「好！」大家異口同聲默契十足。

林音哈哈笑了幾聲，剛走進廚房就見到黃老師的神色有些古怪，要她等等吃完飯後，挪步到活動室說些話。

察覺到幾分怪異，林音隨之猜測到是什麼了，乖乖地點頭同意。

這頓香噴噴的咖哩飯，大家都吃得十分融洽，餐桌上的焦點當然還是林音，妹妹們不斷好奇地詢問貴族學校裡頭的種種人事物，課業、社團、娛樂全部沒放過，當然，有沒有欣賞的男生之類的八卦問題，肯定是要問個鉅細靡遺。

午餐吃完，大家收拾碗筷，年紀比較小的弟弟妹妹去睡午覺了，林音找到一個空檔走進活動室。

與其說是老師反而更像煮飯阿姨的黃老師已在裡頭等待，兩人推開窗子，一齊站在窗邊對談。

「前陣子有個女人來打探妳的消息，我沒有告訴她，但我可以從她的眉眼之間看出來……這種女人是不會輕易放棄的。」

「她是誰？」

「她沒說，我不知道。」老師有些擔憂地說：「之後，卻是一個男人找上門來探問妳的訊息。」

「自稱是林賢生，說是我的親生爸爸？」

「原來他已經找到妳了……」

「是的。」

「……音音，當妳離開育幼院，我就把妳當成大人了，從小到大妳特別能吃苦，聰明伶俐、乖巧聽話，所以德叔只看一眼就說妳很得他的眼緣，我相信這段時間你們一定相處得不錯吧？」

「爸爸媽媽都對我非常非常好……眞的，很好。」林音甚至不知道該怎麼表達自己過得多幸福。

「我當初也這麼認爲。」老師滿意地點頭，「見到妳過得這麼好，我沒有什麼遺憾了。」

「謝謝老師。」

「那妳應該不記得四歲時的事了吧？」

「……」林音一愣。

「當時……太可怕了。」老師在這間育幼院待了二十幾年，只對這件事感到戰慄，那瞬間的畫面始終無法忘卻，「很多想要遺棄孩子的父母，都會挑消防局或育幼院，我並不是第一次在門口撿到孩子。」

「我……」

「當時的妳又乾又瘦，全身上下不是髒污就是血漬，蜷起四肢倒臥在門前，一開始我還以爲是屍體呢。」

「……」

「如果林賢生先生眞是妳親生父親，那妳應該更加……」老師欲言又止，疼惜地摸摸林音的臉蛋，最後嘆口氣道：「唉，算了、算了，過去的已經過去，這種可怕的事，不記得也算好事。」

「嗯。」林音點頭。

其實，她記得一清二楚。

□

回到育幼院的門前，四歲的林音害怕極了。

媽媽怎麼會消失了呢？她踏在石子路上，在附近繞一大圈，漆黑之中根本找不到任何一道人影。

夜，好黑好深，宛若藏著一雙妖怪的眼睛，不懷好意地盯著她，隨時會伸出魔爪。

林音無處可去，任何地方、任何位置，都在妖怪的搜索範圍內，不得不回到了原點，育幼院的大門口。

媽媽最後的指示是去按電鈴，可是林音無論如何，都不想靠近這棟陰森詭異的建築，萬一有虎姑婆住在裡面，自己絕對會被煮成湯吃掉的。

附近，只有一盞路燈，微弱，閃爍。林音看著趨光性的昆蟲，無憂無慮地繞著燈光飛舞，突然有幾分羨慕，她擦擦眼淚，小小的腦袋混亂不堪，卻有一個保護自我的想法，明白自己再哭下去，可能會引起虎姑婆的注意。

現在，要離得越遠越好。

她抱緊背包，像是抱緊唯一一塊浮木，慢慢沿著石子路，朝育幼院的反方向走，走了好久好久、好遠好遠……

連天都亮了。

林音打算走回家，但不知道方向，眼前的馬路與房屋是那樣的陌生，與家的記憶完全不搭。

她像誤闖都市叢林的兔子，害怕地往人多的地方前進，餓了就吃背包內的食物，累了就找棵樹席地而坐，走著走著，不可思議地找到車站。

旅客來來去去，沒有一個是媽媽，就連長得像媽媽、可以帶著希望認錯的都沒有。

天再次黑了，天再次亮了。

她已經失去所有力氣，雙眸只餘歷經滄桑的混沌，坐在車站前的人行道，宛若一根長在縫隙中的雜草，除非車站的職員或是不認識的陌生人靠近，否則一動都不動。

不能被趕走或者是被帶走，林音非常肯定媽媽是從這離開的。

會忘記帶自己走不過是一時糊塗，不然就是自己不小心做錯事，媽媽遲早會從這裡出現，然後和藹地帶著她一起回家。

如果不乖亂跑，媽媽找不到她該怎麼辦？

這恐怖的念頭支撐林音繼續等下去。

背包內的食物吃完了，除了喝洗手台的水之外，已經超過三十五個小時沒吃東西，她怯生生地瞀向旅客手中的食物，麵包、餅乾、熱狗、甜甜圈……什麼都好，就算是沾到糖粉的包裝紙也行。

好餓，水喝得越多越飢餓。她的身軀本能地警告著，如果再不去找食物，會有很可怕的後果。

林音鼓起勇氣去跟候車的旅客討要食物，但身上衣物髒兮兮又發出淡淡的臭味，自然被嫌棄、被驅趕……最後只能去翻翻更髒、更臭的垃圾桶賭賭運氣，還好撿到一份吃剩的便當。

媽媽一直沒有出現，但她依舊記得媽媽的交代，盡量不跟陌生人說話。

時間在流逝，過度飢餓的狀況下，連意識都很模糊了，媽媽的長相像披了一層灰色薄紗，記不起五官精確的位置，哀愁、悲苦、怨懟的表情漸漸難以想起，當然媽媽的交代也被磨滅。

「小妹妹，叔叔這有兩個過期麵包，要不要吃？」

跟自己一樣髒、一樣臭的叔叔出現在林音面前，搖晃著手中的塑膠袋。

連手指頭都想吃掉的她根本沒有其他選擇，默默地跟了上去，即便知道有危險。

這一大一小，越走越是偏僻，附近別說是車了，連行人都沒有，一個轉彎就轉進暗巷之中。叔叔的嘴一直說著些無關緊要的事，林音一個字都沒聽進去，從頭到尾她只注意那袋麵包，然後等待著一個機會……

當叔叔憤怒抱怨這個社會有多不公平的瞬間，林音一把搶過麵包，頭也不回地奮力狂奔。

轉眼之間，用靈魂當燃料地全力奔馳。

能讓肚子停止飢餓的寶物就在懷中，她只要找到一個安全無人的地方，躲起來將寶物塞進嘴巴就可以了，明明就這麼簡單……

可惜，天不從人願。

爲什麼三秒後就被逮到了呢？

爲什麼會被抬起來摔在地上呢？

爲什麼肚子、屁股被踹兩腳呢？

爲什麼嘴巴跟鼻子都在冒血呢？

太多爲什麼了。

小小的林音眞的不懂啊。

凹凸不平的水泥牆割傷嫩薄的皮膚，沾上點點向下流動的紅色，堅硬的拳擊在凹陷的臉頰，兩顆牙齒吐了出來，污穢的鞋底在洋裝布料上製造出殘酷的痕跡，底下的軀體痛得顫抖。

然而在這種情況下，她想活下去，在如此險惡的世界，她還是想活下去。

趁叔叔搶回麵包，心疼檢查麵包有沒有扁掉的空檔，她提起一口氣，連滾帶爬地出了暗巷，完全不敢回頭，那一絲隨時會斷線的求生意識，無法再面對「叔叔追過來」的巨大恐懼。

她只能跑，超支著體內微薄的能量，不斷地跑。

在這個剎那，媽媽不存在、麵包不存在、叔叔不存在、路人不存在，就連飢餓感與痛楚都不存在，無限廣闊的世界，僅存一個渺小的念頭。

好好地活。

林音再度回到育幼院的門前，按下過去不敢按的電鈴。

虎姑婆在吃掉自己之前會先吃掉叔叔。

叔叔在打死自己之前會先打死虎姑婆。

這樣就能活下來了。

對，這樣就能活下來了。

小小的林音鬆一口氣。

徹底失去意識。

□

對於自己被拋棄，林音一點恨意都沒有。

從育幼院老師那邊得知，能肯定是林父的林賢生，無論是提出的身家資料、明確說出林音被遺棄時的裝扮、身體獨特的小胎記、血型、偏好……完全正確無誤，就算親屬鑑定的報告還沒出來，也有八成以上的機率是親生父親。

其實光是憑藉幼時的記憶，林音就已經百分之百確認了，才會在校門口給予聯絡方式，平息這場引人側目的風波。

來到都會公園，當她與親生父親坐在長條木椅上，心裡並沒有什麼特別的情緒，反而對前方的景觀小湖、對十幾隻低頭啄飼料的鴿子更加在意，思索著如果有五十元的話應該買魚飼料或鳥飼料。

他們之間並沒有像連續劇演的那樣，哭泣相擁，破鏡重圓，手握著手捨不得放，激動關心著這段彼此錯失的十年過得好不好；也沒有一方咬牙切齒，大聲控訴怎麼可以這樣對我，另一方泣不成聲，說這一切都是命運無情的安排。

只有雲淡風輕。

「小音，還記得自己的名字呢。」林父不禁有幾分感歎。

「記得。」林音微笑。

「對不起。」縱使說過很多遍，林父還是想再多說一次，「突然失態地跑到妳的學校，的確是我不對。」

「沒關係的，還有……你、你不用再道歉，過去的事都已經過去了，我現在過得很好。」林音目前還喊不出爸爸或父親之類的稱謂。

「過去的事，只要沒說清楚都不算過去……妳能見我一面，這樣很好，讓我有機會把來不及說的，全部一次說出來。」

「不說也……」

「不，妳靜靜坐著聽就好，然後要生氣、要抱怨、要當作沒聽到、要起身直接走，都可以，統統都可以。」

「請說。」林音恬靜地坐正。

林父早在心中預演過一百遍，但真要在相當疏遠的親生女兒前開口，還是猶豫了一、兩分鐘，凝視著波光粼粼的湖面，才緩緩地說：「這一切都是我的錯。」

「……」林音有些意外。

「我早年有嚴重的氣喘，幾乎沒辦法工作，當時醫學技術與醫療保險不像現在這麼發達，我基本上和一個廢物沒兩樣，就靠青梅竹馬一起長大的妻子生活。」林父用著遺憾的語氣繼續說：「我們之後不小心有了妳……可是，就算妳的到來非在規劃之中，卻依舊拯救了每日自暴自棄的我。」

「我嗎？」

「對……為了改善氣喘，我們從都市搬到空氣比較好的鄉間，但突然轉換環境維持生計不容易，妳媽媽早上去農場工作、晚上去餐廳打工，我一邊照料妳長大、一邊焦急地找賺錢的方式，畢竟尊嚴不容我再吃軟飯。」

「吃軟飯？」

「就是指男人沒用的意思。」林父自嘲地笑幾聲，「後來好不容易找到一份幾乎不用勞力的工作，在報社做一些文件輸入、謄寫。我很珍惜地把握住機會，就算薪水不是很多，至少可以讓妳媽白天不用去農場受風吹日曬。」

「報社？」林音聽得很認真，稍有不懂就發問。

「地方性質的小報社，妳應該沒有聽過。」

「嗯，不過她……白天帶孩子、晚上在餐廳工作，還是很累吧？」

「不只如此，她假日還得帶我到處求神問佛、尋醫求診，我們花掉很多的時間與金錢在無解的疾病，實在是心力交瘁……難免產生很多爭執，她又深怕我情緒激動讓氣喘發作，每每都選擇將怨氣和委屈吞進肚子裡。」林父將臉埋進雙掌之間，滿是懊悔，「後來回想，我居然利用自己的病，來爭得嘴巴上的勝利，眞是無恥至極呢……」

「……」林音也不知道該說什麼。

「久而久之，我們的感情幾乎消磨殆盡，只是因爲妳，我們不敢輕易分開。」

「所以將我放到育幼院……」

「不不不，不是這樣的。」林父連忙解釋，就擔心女兒會誤會，「我們吵架歸吵架，還是很努力要當一對盡責的父母，縱然我常常躺在房間休息，不過妳依舊在雙親的看照之下成長。」

「那……爲什麼？」

「後來……」林父一滯，覺得說得再多，不如讓女兒親眼看，乾脆拉高褲管，露出金屬義肢的模樣，「上班的途中車禍，少了一條腿，工作也沒了。」

他的白色襯衫洗到有些慘白，西裝褲有幾條脫出的線頭沒剪，莫名其妙產生了陶淵明不爲五斗米折腰的文人風骨，直視前方的臉龐看似沒有情緒，可神色始終藏著一絲自卑。

林父清楚女兒遲早會知道，隱瞞一點用處都沒。

「很、很痛嗎？」林音皺著眉。

「不是痛，是絕望……如果一天清醒的時間有十六個小時，我至少拿十五個小時來怨天尤人、來咒罵天地神明對我不公，有嚴重的氣喘已經是倒八輩子楣了，怎麼還會遇到車禍，硬生生少掉一條腿？」

「運氣眞糟。」

「眞正糟的是我，失去工作又得面對龐大的醫療費用，我幾乎是放棄了人生，整個家庭所有責任都落在妳媽媽的肩頭，她咬牙苦撐出外賺錢，回到家要照顧妳之外，還得照顧我這個廢人。」

「難怪會……」林音幾乎猜到後面的發展。

「她一開始還不斷鼓勵我，要我振作、復健、再就業，但我根本聽不進去，就只顧著抱怨這個世界有多不公平，然後她漸漸地不再說話，像是看透了我、看透了這個世界。」

「就將我帶到育幼院。」

「然後，投河自盡，她也沒有回來。」林父整張臉扭曲變形，本以爲十年過去，能夠跨過這道坎。

但有些坎，是窮極一生都過不去的。

林音目瞪口呆，心臟猛烈跳動，沒想到是這樣的結果。

公園湖邊的長椅陷入沉默，只剩鴿子展翅與水波微浪所產生的聲響。

「所有人都說是母親帶著女兒一起自盡，但她的遺體在岸邊找到了，卻遲遲找不到妳，當時的警消研判妳可能被沖進外海了，在一週後就放棄搜索。」林父盡力保持冷靜，「妻子女兒雙亡，我原本也想一死了之，不過找不到妳的遺體，就代表有一分希望，猜想妳可能還活在世上，我就覺得自己還不能死。」

「我過得不錯，眞的不錯喔。」林音很坦然，也希望林父別再內疚。

「爲了找到妳，我不得不振作……另一邊，運氣不錯，警察找到肇事逃逸的司機，他賠給我一筆錢，用來負擔我的醫療、復健費用，我總算有個重新開始的機會，裝上義肢，能像正常人行走，過沒幾年拜醫學進步之賜，我的氣喘也得到控制。」

「她卻不能重新開始。」

林音這句無心的低語，如同一把刀狠狠刺中林父，然後左右轉動。

兩人之間再次進入無聲的狀態。

看了一眼手機時間，林音知道自己差不多該回家了。

林父希望能再多說點話，但想了想自覺沒有資格要求更多。

「聽完之後，妳不會恨媽媽了吧？」

「很多人都認爲被遺棄的孩子，就應該痛恨雙親……但我眞的不會，無論是對你還是對她，眞的半點恨意都沒有。」林音的手捧在胸前，誠摯地說：「會遺棄親生的孩子必然有無法解決的苦衷，你願意告訴我原因，就已經解決一個長久讓我困惑的問題，這樣就足夠了，哪有什麼恨不恨的。」

林父感激地點點頭，濁聲道：「這樣很好、這樣很好……」

「那，嗯，時間有些晚。」林音站了起來，撥撥及膝的裙襬，「我就先搭捷運回去了。」

「等等。」林父也站起身，「我還想問一個問題。」

「請說。」

「我這十年來沒有一天放棄尋妳，而現在我的病況靠吸藥就能改善，雙腳經過訓練行動自如，擁有一份穩定的工作，存了一筆錢供妳讀到研究所都沒問題。」

「……」

「回家嗎？」林父殷切地等待著回應，雙拳不自覺緊握。

林音的目光忽然有些飄忽，有意地瞥向長椅後方的大片樹叢，接著迅速收回視線，低聲道：「我現在過得很好，也希望你能好好過，再、再見。」

林父目送著女兒漸漸走遠的背影，雙拳慢慢地鬆開，本來氣色就不好的臉龐，變得更加沒有血色。

整個湖面被夕光照得橙黃一片，他依然站在原地沒動，回憶起這十年的點點滴滴，從崩潰不解到懷抱希望、從藥石罔效到病症控制、從輪椅代步到義肢健行……哪一個不是刻骨銘心到痛徹心扉，這過程幾乎等於從地獄硬是爬回來人間，接著，再落地獄，再回人間。

遑論，四歲的小女孩，一無所有，舉目無親，要怎麼熬過這十年？

「妳還恨我沒關係，但我不能讓妳在那種地方長大。」

□

都會公園，湖畔。

等到林音與林父皆離開，天色在夕光將要消失，黑夜即將覆蓋大地之際，兩個男人從後方的樹叢走出來，他們的長相、身高、年紀、服裝都不相同，但可以很輕易地判斷出「他們是同一類人」。

這對兄弟檔，不同部位卻相同的刺青與刀疤、不同眉眼卻相同的陰厲與暴戾，都一一顯示他們是黑色世界出來的人物，前科累累，刀尖舔血、無惡不作……如果說以前的憨支還有幾分仗義，他們則是利字當頭，從沒考慮過基本的人性道德。

「這工作眞無趣……」

「不會啊，跟在這丫頭背後，還挺享受的，嘿嘿，再過幾年，馬的，不得了。」

「幹，德叔的心頭肉你也敢碰？」

「現在當然是不敢，但未來的事誰知道呢？況且，德叔差不多要金盆洗手……什麼都有可能。」

「管好你的屌吧。」

「哈哈哈哈哈，我他媽的不能妄想一下？」

「閉嘴，我要打電話回報德叔了。」

「我們好不容易打探到那個傢伙有氣喘的毛病，記得好好邀功啊。」

「德叔一向大方，不然我怎麼可能接這種無趣的保鏢工作，放心吧。」

他們結束對談，其中一名男人拿出手機撥號，往公園的出口走，用清晰的口條與順暢的脈絡低聲向德叔報告今日所見所聞，尤其在林父方面講得格外仔細，另一名男人則愜意地打量許多帶孩子來玩遊樂設施的少婦。

長椅看似無人，實則阿爺與迎春並肩坐著。

可惜前方已無湖景，只剩一片混濁的漆黑。

迎春端正的五官，沒展現出少女本該有的無憂無慮，反而愁眉苦臉，一股鬱悶在體內堆積，想按照慣例發洩在阿爺身上，僅差一個光明正大揍人的理由。

「在想什麼？」阿爺啣著長長的領帶，雙手抱胸。

「用什麼理由攻擊前輩。」迎春越來越不掩飾。

「妳這沒大沒小的混帳東西，自己起的因、自己造的孽，不要算在我頭上。」

「……人，眞的是很複雜的東西。」

「我倒覺得人是整個地球最簡單的物種，只要找出他們想貪圖什麼，立刻就能推敲出全數的變化。」阿爺垂下頭，喪氣道：「哪像昨天遇見的貓，明明就很喜歡我拍牠的屁股，今早一拍為什麼又凶巴巴地抓我呢？」

「那你說……林父到底貪了什麼？」迎春頹然低頭，沒給阿爺扯開話題的機會。

「我只在意小林音有沒有好好地長大，努力充實自己的技能，盡快提高自己的眼界，未來能成爲台灣女首富最棒，不然嫁給台灣首富也是不錯的結果。」

「像前輩這種跟敗類差不多的財神，想的果然只有自己呢。」

「畢竟想得太多也沒有用，我不是教過妳了嗎？所有的神都是旁觀者，盡自己的輔助之責就好，過度干涉塵世往往沒什麼好下場。」阿爺眞心地勸。

「唉……」迎春經過上次的教訓，不再是天眞的城隍了。

她無力地靠在長椅椅背，抬起頭對準天空，現在的心情就像天外飛來一顆巨大的隕石，能清楚見到雲層中有個發光的點漸漸地變大，也清楚過不了多久這個光點就會撞擊地殼，焚盡一切已知、未知的事物……

然而，束手無策，只能看著毀滅降臨。

「前輩，我們到底還得見證多少悲劇？」

「到……妳對這些悲劇再無半分感覺的時候，悲劇也不再是悲劇，會變成單純的因果循環。」

「前輩，怎麼樣的情況下，你才願意出手干涉，挽回一場悲劇？」

「不會有這種情況。」阿爺百分之百篤定。

「就說是假設了。」迎春不放棄。

「不會有。」

「前輩，拜託，人家想知道。」

「不會有。」

「再不說，人家就將那條煩死人的領帶繞在前輩的脖子上三圈，拉緊，打結，再塞進那張平時廢話超多現在又故意不講的臭嘴巴內喔。」迎春笑吟吟。

「我想……大概是遇見毫無貪念之人的時候吧。」阿爺侃侃而談。

「前輩對『貪婪』的定義太廣了，根本不可能。」

「本來就不可能，貪婪是鑲在基因裡的人性，不要緣木求魚。」

「總覺得，財神是很令人喪氣的神職。」

「擔任財神這麼久的時光，我就學會『永遠不要相信人』這件事而已。」

「到底是爲什麼？」

「因爲……」太傷心了，阿爺沒有說出心底的答案，警覺到自己有幾分失態後，連忙堆起招牌式的燦爛笑容，讓意外出現的眞情眞意強制收回。

整個時空停滯、世界停止。

「給我等一等。」他忽然扭過頭，不屑地輕笑幾聲，對著正在閱讀這段文字的讀者吐槽，「拜託一下，什麼叫作『意外出現的眞情眞意』？不會描述就不要亂描述好嗎？我是因爲在迎春這種暴力城隍的淫威之下，不得不裝出歷盡滄桑、千瘡百孔的樣子，博取她本來就氾濫的同情心而已，懂了嗎？」

他說完，整個時空恢復流動、世界重新運轉。

「因爲什麼？」迎春聽出阿爺的語氣不對。

「我在想……妳的屁股能不能借我拍幾下？」阿爺故態復萌。

「……」

「牠原本就很享受我拍屁股，爲什麼今天又突然不喜歡了呢？我眞的是搞不懂啊。」阿爺雙手抱頭，神色痛苦地說：「這個問題就像寄生蟲，跑進我的大腦裡，從這裡鑽過來、從那裡鑽過去，如果妳的屁股能借我拍，說不定就可以解決這個不可思議堪比宇宙起源的難題！」

「你是不是想被超渡？」迎春的手一翻，亮出赤芒之劍。

「好，我知道這個要求有職場性騷擾的嫌疑，抱歉。」

「知道就好。」

「所以我想，請妳拍我的屁屁吧！」

「去死。」

□

欣欣大飯店。

就算名稱中有個大字，卻不能掩蓋它又老又小的事實。

林父會選擇這間蓋在市中心五十幾年的旅舍，只有一個簡單的原因就是便宜。邊角脫落的壁紙泛黃，老舊的冷氣發出噪音就算了還有霉味，水龍頭流出的水有鐵鏽的顏色，照理來說這樣的住宿品質早就該倒閉，能經營到現在必有其他緣由。

在律師事務所跟律師談完，林父的心中多了幾分底氣，就算拖著疲憊的病體，離鄉背井來到台北，住在這種連三流都算不上的旅舍，依舊不妨礙他的強大意志。

走在走廊上，耳朵聽著毫不掩飾的複數女子呻吟，他僅是苦笑幾聲，明白她們今天的生意不錯，順手取出口袋中的支氣管擴張劑，朝嘴巴噴了兩下。

受人恩惠，不可得寸進尺，所以他選擇住在這。

明明有人全額贊助這場北上尋女的行動，住好一點也沒關係，但他懂得適可而止，能省則省免得內心過意不去。

打開房門，林父立即感到不對勁。

視線向前延伸，立即瞧見了不對勁的原因。

狹小的房間中，唯一一塊小小的空間多出一張麻將桌，麻將桌旁多出一名穿金戴銀的男子，在暴發戶的外觀中透露出不可小覷的沉穩與內斂。

這是德叔第一次與林父見面。

德叔不在意林父的質疑眼神，繼續若無其事地翻閱原本放在行李箱的私人物品。

林父沒有阻止的意思，那些文件一半是法律條款的影本、一半是證明自己與林音有親屬關係的證據，本來就想要公開，被提早看見根本無所謂，倒不如說他也希望德叔早點明白，能夠知難而退，讓女兒回到真正的家。

他坐在椅子上，沒有打擾德叔閱讀，坦蕩蕩的，沒有半分身處危險的焦慮。

「你要多少錢？」德叔蓋上資料夾，抬起漸有老態的臉，口吻還算是平淡。

「錢？」林父很意外聽到這個名詞。

「就沒有錢買不到的東西，不是嗎？」

「有，親生女兒買不到。」

「我們就不要浪費時間去演這齣父女之情難分難捨的戲，直接跳到價格的部分，可以嗎？」

「胡扯。」

「嗯？」

「你根本不清楚我經歷過什麼……」林父嘆口氣。

「我怎麼會不明白呢？」德叔的手指輕敲桌面，輕蔑道：「遺棄女兒十年，期間不聞不問，像個龜孫躲在龜洞內，忽然有一天探聽到女兒被有錢人領養，就趕緊爬出龜洞，看能不能趁機敲詐一番。」

林父沒被激怒，依然重複道：「你根本不清楚我經歷什麼。」

「患病、車禍、喪妻、截肢，不就是這樣嗎？有什麼大不了？況且，你也根本不清楚我經歷過什麼。」

「喔？」

「我活在一個你絕對無法想像的凶惡世界，被砍過、被追殺過，在刀口上打拚賺錢，好不容易生存下來，江湖上朋友敬我一聲德叔，口袋內的錢用三輩子也夠了，如果你是我，接下來會想做什麼？」

「我不能理解流氓的想法。」林父相當不客氣。

德叔也不動怒，平穩地說：「不過是安享晚年。」

「這跟我無關。」

「我的晚年，太太跟女兒都不能少。」

「林音不是你的女兒。」

「我和妻子的年紀大了，不像你要生幾個有幾個。」德叔沒有半點忌諱，宛若在跟兄弟聊天，「等我們百年過往，需要有個掃墳、祭祀香火的孩子。」

「林音不是你的女兒。」林父絲毫不讓。

「我是在跟你好好地講道理，林先生。」

德叔的語調忽然沉了幾度，房門外站滿十幾道黑色的身影，緩緩地將沒鎖的房門推開，個個表情不善，只要聽到指令，立刻就能衝進去綁人，載到荒郊野外掩埋。

林父當然知道身後的狀況，但他當作不知道，連呼吸與心跳都沒有加快。

「林音在我那已經過了幾年好日子，我太太待林音如親生女兒，就像心頭上的一塊肉。」德叔耐著性子，繼續好聲好氣地說：「不管是食衣住行，我的女兒都是用最好的，連讀書我也給她轉到最棒的私立學校，日月天地都能見證。」

「那不是重點。」林父搖頭。

「你能讓女兒過上這種好日子嗎？」

「我目前只能供女兒吃飽穿暖。」

「那你有什麼條件在我面前說這些五四三？」

「就憑，我不是流氓。」

「……」德叔皺起眉頭。

「我的每一分錢都是乾淨的。」在幾分寒酸的穿著下，林父無懼三尺之上的神明。

「林先生，既然你知道我不乾淨，那我自然有不乾淨的手段。」德叔站起身，雙手負於身後，「你就不怕發生什麼意外嗎？」

林父堂堂正正地站了起來，拿出別在胸前口袋的鋼筆，「這支鋼筆是朋友送我的，聽說裡頭是一台微型攝影機，每分每秒都在傳送錄下的畫面、聲音與ＧＰＳ定位到網路上。」

「……」

「我的附近至少有六台這種東西，假設我有個三長兩短，自然會有人帶著證據去報警，到時你也不用到法院打什麼監護權官司了，直接進監獄去吧。」林父有恃無恐。

「來這招……」德叔盯著鋼筆，的確耳聞過有這種側拍設備，不過價值不菲，不像這種窮鬼買得起的，粗估……或有四成吹牛的機率。

可是，萬一是眞的，事情就變得格外麻煩，先不說與太太的約定，再不論自己的身分特殊，跟無數幫派、角頭有牽扯，就說自己一旦出現在警方視野中，必定會形成牽一髮動全身之局……

想乾乾淨淨、平平安安退休的願望，就變得很麻煩。

德叔依自身多年的江湖經驗判斷，林父這般毫無畏懼的模樣必是有高人指點，現在衝動行事將事情鬧大實屬不智。

「除了女兒之外，我什麼都沒有……所以我不怕你。」林父直截了當。

「死了老婆後，這麼多年過去，我就不信你沒交個女朋友，認識些朋友或同事。」

「沒有，你可以去查。」

林父的時間彷彿停留在十年前，在妻子自殺、女兒消失的悲傷的迷宮，永遠沒有機會走出來，而且，本人毫不在意，甚至在迷宮之中，得到了一些贖罪的解脫。

「就讓音音選擇吧。」德叔徐徐地走向房門，自信這幾年的相處，女兒不可能背叛自己。

「血濃於水。」林父只是說出這四個字。

□

私立靜文中學，操場。

天氣晴朗，一點雲、一點暖風。

今日是週日，原本是不用上課的，但林音與社團的學姊有約，特地跑一趟來送東西，跑腿工作完成之後，閒閒沒事就來走個幾圈運動，順便當個低頭族，滑著手機逛網拍。

育幼院妹妹們要的書包，遲遲等不到特價，她追蹤了至少三十個相關的賣場，每天固定瀏覽一次，非常有耐心地等待著八折或九折之類的小折扣。

勤儉是她的天性、購物是她的娛樂，沒有衝突，樂此不疲。

不小心瞧見了某個彈出式的廣告，是購物網舉辦的特惠活動，賣的商品相當有趣，居然是「整人玩具」，一點進去當真是琳琅滿目，什麼放屁坐墊、電擊原子筆、吹不熄的蠟燭、驚嚇整人箱……應有盡有。

看到這麼多的折扣，林音不禁滋生出惡作劇的念頭，這個月帶禮物回育幼院，如果偷偷放個嚇人箱進去，不知道弟弟妹妹們會出現什麼表情？就在這個瞬間，大拇指已經將商品放進購物車。

「咦……這個……」她停下腳步遲疑幾秒，旋即自責地自語道：「不行啦，這樣太壞了。」

暖暖的風吹散了她的低語，下午時分的天氣好得讓人想就地入睡，林音將手機放進運動褲的口袋，實在不想糟蹋這樣美好的陽光回家窩進房間讀書。

林音抬起頭，意外瞧見一道熟悉的身影走過來，步伐有點不穩，但沒有降低速度，很快地切過半個操場走到面前。

是林父，血緣上的眞正父親。

「我就有預感妳會到學校，果然等到了。」

「……怎麼不打個電話給我？」

「如果特地將妳找出門，妳的養父大概不會允許吧。」

間。

「你在這等了整天？」

「我昨天週六就來了。」

「這、這樣太辛苦了，以後直接打電話給我沒關係，爸爸向來給我很大的自由空間。」林音口中的爸爸指的當然是德叔。

林父像是傷處被捅了幾下，神情苦澀地說：「我是有東西想給妳看。」

「我們找個地方坐吧。」

「不，繞操場走一走挺好的。」

「可是……氣喘跟左腿？」林音有點擔心。

「藉這個機會，剛好能夠告訴妳。」林父開始漫步向前，走在深紅色的ＰＵ跑道上，掏出一罐如大拇指粗的支氣管擴張劑，「第一，是氣喘，一點都不需要擔心，現在的藥比十年前好用太多了，就算氣喘發作，只要立即吸藥就能緩解。」

「……如果是這樣就太好了。」不過林音卻想到他當初在校門發病的可怕場景。

林父將藥罐交給女兒，坦白道：「像這罐剛剛用完了。」

「咦，這樣不是很危險嗎？」

「不會，我身上有備品，車上也會準備，所以……希望妳知道這種病不會妨礙我盡一個父親的責任。」

「……」林音的清澈眼波流動，緊握著空空如也的藥罐。

林父用保證的口吻繼續說：「第二，陪妳走了半圈操場一點問題都沒，看，這條腿也是一樣，絕不能阻止我彌補過去十年妳所失去的。」

「我其實得到不少幫助……」

「妳很好，遇到這麼糟糕的情況，沒有和我一樣怨天尤人、沒有走偏、沒有學壞，靠自己長成了更好的人。」

「我覺得你現在也很好。」

「我不好，是我對不起妳們母女。」林父幽幽地說：「或許，我們能再次重逢，正是神明給我這種爛人一個贖罪的機會。」

「請不……請不要這樣說自己。」林音感到異常的沉重。

林父發現女兒的表情變化，就暗暗地說了聲「不好」，原本是想填補這十年遺失的父女親情，沒想到不小心說了太多陰暗的話，萬一讓女兒畏懼就糟糕了。父親的形象要一點一滴建立，無論如何不能給女兒半點壓力。

他是個很嚴肅的人，在失去妻女後更是拒人於千里之外，除了苦笑、冷笑，再也沒有真的笑過，現在想展現出慈父般的親和力，只能努力提起兩側的嘴角，拚命地擠出類似笑容的表情。

林音停步，愣住，後退幾步，被這個怪異微笑嚇到。

心裡有些受傷的林父也停步，雙手一攤，歉然道：「我會多多練習的……」

林音掩嘴輕輕地笑了起來，氣氛變得輕鬆許多，彼此的距離看起來拉近了不少。

「對了，差點忘記要讓妳看這個。」

「什麼東西？」

「妳媽媽收藏的相本。」

他們漫步到跑道旁的榕樹下，躲在陰涼的樹蔭裡，由林音小心翼翼地翻開略微泛黃的相冊，這個簡單的動作彷彿啓動了時光機器，在眨眼間回到十三、十四年前，那是她剛剛誕生的時刻。

出生二十四小時的女嬰皺巴巴的，連頭髮都只有幾根，與現在亭亭玉立的林音一點都不像，不過她的直覺肯定這便是自己，那個獨特的神韻不管過多久都不會變。

下一張相片，女嬰已經滿月了，雖然不像尋常家庭，會特地花錢宴請親朋好友，但是一家三口圍在一塊，孩子喝奶，雙親吃油飯與雞腿，就算不是多高檔……甚至可以說是非常普通的晚餐，卻依舊無法讓幸福喜樂褪掉一丁點顏色。

下下下一張照片，女嬰正在學習走路，跌跌撞撞的，走得並不穩。媽媽彎下腰親手扶著，那初為人母的喜悅溢於言表，周身猶如散發著母愛的光芒。

下下下下一張照片，記錄第一次全家出遊的樣子，動物園的遊客很多，媽媽緊緊牽著女兒的手，好不容易找到一個沒人的空檔，跟鴕鳥拍了一張合照。

下下下下下下一張照片……

下下下下下下下下一張相片……

林音每一張都看得好仔細，每一個細節、每一個背景，全部沒有放過，想將每一條線、每一塊顏色都烙印在心裡，漸漸地，填滿了童年所遺失的部分，讓破碎不堪的自己更圓滿一些。

她甜甜地笑了。

林父也跟著淺笑，遠比剛剛硬擠出的笑容自然太多，「妳媽媽收藏的相冊，律師說在法院上會有決定性的效果，可以讓我們父女重逢，我想在冥冥之中，她一定會保佑的。」

一聽到這個話題，林音張望四周就怕有人跟蹤，憂慮地說：「其實……不應該鬧得太僵。」

「在法庭，我一定能贏，妳的監護權絕不能落在那種人的手中。」

「血緣關係是永遠不能分割的，跟監護權沒有關係。再過幾年……等我成年，我、我有空就會去陪你，根本就不用爭執。」

「放心吧，我自有盤算。」

林父的決心沒有任何動搖。

林音面有難色，感到十分爲難。

等到天色暗了，要趕回家吃晚餐的林音離去，林父看著女兒陌生又美麗的身影，深邃的雙眼微微瞇起，瞳孔中盡是複雜的情緒，直到口袋中的手機震動，才逼他的精神從過去記憶內抽離，慢慢地接通電話，謹慎地壓低嗓音，深怕被其他人聽見。

「喂……嗯，放心，不會有問題的，對……妳再等等吧。」

□

屏東，會計師事務所。

雖然是一間合法立案的會計師事務所，規模卻相當小，加上會計師本人，僅有四名正式員工，位於人口不到兩萬人的小鄉鎮，平時最主要的業務是替農民處理產權與稅務問題，比方說某某某不幸過世，遺產稅該怎麼繳納最省，或是某塊土地要申請分割，複雜的手續該怎麼辦理。

營收不高，但至少勉強能繼續營運下去。

今天是假日，會計事務所沒有營業，略帶落漆斑剝的藍色鐵捲門下拉，遮蓋著裡頭的玻璃自動門。

事務所內部隔間很簡單，簡易的擋板切出三張辦公桌的空間，由三名員工使用承辦業務，會計師則有自己獨立的辦公室，其餘空間打造成讓民眾上門洽詢的諮詢廳。

這位會計師沒什麼品味可言，卻對於風水之說深信不疑，從裝潢就可以看得出來，開光過的文昌塔立在入口櫃檯、貔貅造型的筆筒一人擺一個、財神大掛畫釘於最顯眼的牆、叼著金幣的蟾蜍共有大中小三隻、水晶鹽燈發出淡淡的橙光、精美的葫蘆飾品在天花板吊了整排、至於常見的八卦鏡、竹樹、紅龍魚魚缸、黃玉聚寶盆一個都沒少……簡直媲美藝品店。

讓每個進門的顧客眼花撩亂……

除了某張辦公桌。

這張擺著「林賢生專員」名牌的辦公桌，除了固定的螢幕、鍵盤、滑鼠，只有一個相框，相框內是妻子抱著女兒的相片，其餘的，連老闆規定要用的貔貅筆筒都沒有。

迎春拿起老舊的相框，注視著這張照片，眉眼中有三分憂愁與怒意，憂愁是對這個不幸的家庭，怒意當然是對身旁的男子。

「原本還認爲林父在說謊，沒想到居然是眞的……」阿爺甩著過長的領帶，帶著敬佩的口吻。

他們特地到屏東調查，趁這間會計師事務所內沒人，穿過自身的世界線跨入了塵世，驗證林父這十年來，當眞是斷絕了所有的人際關係，宛若活在社會中的苦行僧，獨自吃、獨自睡、獨自生活，就連同事都不熟，維持最低、最簡單的公事聯繫而已。沒有任何的娛樂，薪水扣掉基本的生活費，全部放在銀行的定存，日復一日地過了十年。

「他還在懲罰自己。」迎春得出這個結論。

「何以見得？」阿爺轉過頭，不習慣失去財神的祥瑞金光。

「這根本是一種精神自囚，林父無論做任何事都會想到死去的妻子、失去的女兒……然後、然後什麼都做不了。」

「妳是指，嗯，比方說……林父想吃一塊蛋糕，但一到蛋糕店門前，就想到妻女，開始質問自己『有資格吃蛋糕嗎？有資格過得這麼好嗎？』這樣子？」

「沒錯。」

「嘖嘖，我眞是了不起，居然能將妳這種不食人間煙火的笨蛋城隍教育到這種程度。」阿爺拍拍手，自我鼓勵一番，旋即進入防禦模式，等待某人的報復。

可是，沒有。

迎春依舊是盯著相片，緩緩地說：「前輩……我們明明知道林父有危險。」

「我又沒瞎。」

「難道不做點什麼，扭轉即將發生的悲劇嗎？」

「林父只要什麼事都不做，就什麼事都沒有。」

「像這種充滿愧疚的人，不可能什麼都不做啊。」

「他只要不貪婪，便能事事平安。」

聽到這種風涼話，迎春無奈地再問一次一直得不到答案的問題，「林父到底是貪了什麼？」

「妳很執著。」

「我就想聽前輩親口說。」

「聽好，減低罪惡感，也是一種貪，贖過去的罪，也是一種貪，享受天倫之樂，也是一種貪，讓自己不再失眠、不再夢魘，也是一種貪……我早說過貪婪會僞裝成各種樣貌，絕對不是只有貪財而已。」阿爺自認有義務繼續教育下去，用漫長光陰煉成的體悟告誡。

「欲加之罪，何患無辭。」

「是不是我瞎掰的，之後妳就會知道。」

「現在就讓我知道。」

「不要。」

「是非門規定前輩有告知我一切事物的義務。」

「沒有。」

「我可是你的學生。」

「不是，哪有動不動就要砍我的學生。」

「那我答應前輩一個條件。」

「不……等等，一個條件？」阿爺以爲是聽錯了。

「沒錯，本座，夏迎春許你一個心願。」迎春雙手扠腰，拿出最近有些黯淡的城隍招牌。

「眞、眞的嗎？」

「當然。」

「所以說，妳總算願意拍我的屁股嗎？」阿爺的雙眼放光，終於能享受到貓族的極樂待遇。

「不願意！」迎春面紅耳赤地拒絕。

「呿。」

「不准給我擺出這種輕蔑的表情。」

「喔。」阿爺更輕蔑了。

「我說的心願是指、是指……請你吃個冰、餅乾或是在眾神市集選個禮物之類的。」迎春極力維持清白。

「妳是小孩子啊！」

「不然，可以等到我恢復城隍神權，在不違反道德、良心、尊嚴及本座意願的情況下替你辦件事。」

「誰要啊，城隍除了砍人跟打小報告之外，什麼都不會吧！」

「不准將城隍說得跟個壞蛋一樣！」

「我是覺得比較像害蟲。」

「這也不准啦。」

「眞是任性的傢伙……原本我以爲這三年能漸漸習慣妳的脾氣，沒想到無論多努力都行不通欸。」

「別再廢話，總之，林音這件事我管定了。」迎春的脾氣上來，根本不講道理。

「妳管不……」阿爺的話來不及說完，瞳孔瞬間放大，猛然轉過頭……

砰砰砰砰砰！玻璃自動門破滅，尖銳的碎片噴濺。

他伸出手，抓住迎春的領口，狠狠地往旁邊一扔。

砰砰砰砰砰砰砰砰砰！擺在入口的文昌塔首當其衝，被子彈擊穿攔腰折斷。

砰砰砰砰！原本隨風擺盪的葫蘆吊飾全數爆碎。

砰砰砰砰砰砰！辦公桌的螢幕、主機多出好幾個洞。

「前輩！」被扔回神的世界，迎春尖聲吶喊。

砰砰砰！魚缸整個炸開，水如瀑布飛濺，無辜的紅龍魚腹部中彈，躺在地板上掙扎死去。

砰砰砰砰砰砰砰砰砰砰砰砰砰！竹樹的葉片飛散、水晶鹽燈再也沒辦法發出光芒、八卦鏡四分五裂墜地。

砰砰砰砰砰！狼狽躲在辦公桌下的阿爺找到機會返回神的世界。

砰砰砰砰砰砰砰砰砰砰砰！牆上的財神大掛畫中了最多槍，尤其是下體這個敏感部位幾乎被轟出一個大洞。

飛沙走石，塵土飛揚。

槍聲總算結束，會計師事務所外三名槍手的彈匣射盡，說說笑笑地上了車，完全不管剛剛鬧出多大的動靜，逕自驅車揚長而去。

會計師事務所內幾乎半毀，其中水泥塵埃瀰漫，地上都是水與殘骸，光線透過鐵捲門上的無數彈孔滲入，儼然成了遭到戰火洗禮的敗破光景。

這就是三把ST15衝鋒槍，上千發子彈創造出的效果，駭人聽聞、驚心動魄，如果不是假日沒人上班，大概會多出幾條亡魂和幾具千瘡百孔的屍體。

當神明使用神權跨入塵世，其身軀得受塵世的物理法則與現實邏輯規範，散去神光，化為凡體，跟尋常人再無半分不同，被槍打中當然會死。

阿爺先將迎春扔回神的世界，自己卻慢了一步，只能先躲藏保命。

迎春不自覺張大嘴，連唇瓣都在顫抖，阿爺試圖支撐，雙腳無法站穩，右手掌都是紅色的血。

「前輩！」

「這、這……到底是什麼感覺……」

「哪裡？到底是哪裡受傷了？」

迎春上前抱住搖搖欲墜的阿爺。

阿爺看著自體流出的血液，不禁茫然起來。

「我中……中彈了，是嗎？」

「前輩，現、現在該怎麼辦？到底該怎麼辦？前輩！」

「……」

「打一一九嗎？」

「這裡哪來的救護車……」

「我該怎麼做？」

「呵……」阿爺再也無法支撐，倒在迎春的柔軟懷中，「神存在了這麼長的歲月，我一定是首位被槍擊的神吧……眞是個無能的財神呢……我眞的……」

「不要再說這種話了，前輩，快告訴我該怎麼做，快！」迎春的眼眶泛淚，著急得不知所措。

「我……我應該能到天庭的門之後吧……我不會投胎成黑鮪魚吧？」

「不會的，前輩。」

「迎春……」

「是。」

「迎、迎春……」

「前輩，我在這，你、你不要嚇我……對不起，都是我害的，如果不是爲了救我的話……對不起……對不起……」

「夏迎……春……」

「先別說話了，讓我想想辦法。」

「原來這就是痛覺嗎……好痛，我好痛……」

「子彈到底打傷了哪裡！」

「這……」阿爺痛得神情猙獰，臉龐沒有半分血色，他吃力地緩緩抬起右手，鮮血沿著手臂滑落。

迎春捧著他的手，順著血跡找到出血點，掌心中有一塊魚缸破碎的玻璃刺入，大概兩到三公分長，造成傷口的直徑約有三公分這麼大。

根本不是槍傷。

「……」她的表情逐漸陰冷，默默地拔掉碎玻璃，按壓住傷口，過沒多久血就止住了，「嗯，沒事了呢。」

「妳……難道有成為藥神的潛力嗎？」阿爺感歎，雖然還是很痛，但已經沒有血流不止的恐慌。

「沒有喔。」

「可是，好神奇。」

「我想是因為這個傷口本身就微不足道的關係吧。」迎春輕聲解釋。

「微不足道？」從未受過傷的阿爺很難相信這樣的痛楚居然被稱為微不足道……

身為財神，見過人們生病、意外、死亡應有盡有，本來就見怪不怪，沒放在心上，縱使偶爾會跨入塵世，也沒有在擬化成血肉之軀時受傷，手掌中的傷口是第一次，感到「痛覺」也是第一次。

渺小的痛楚給予他前所未有的巨大震撼。

「對。」迎春完全沒有認同的意思就是了。

「那……迎春，我、我還會死嗎？」從未感受過痛楚的阿爺依偎在溫暖的懷抱中，心有餘悸地問。

「會喔。」

「等等，幹，不要！」

□

德叔剛將賓士GLC 63停進自家後院的車庫，就看到謝律師已經在門口等待，顯然是有重要的事要談。

車子熄火，難得穿著正式禮服的惠姨先下車，渾身不自在地調整領口，整路都在不停地抱怨，至少對天發誓三次，絕對不再穿這種討人厭的衣服。

年紀輕輕的謝律師提著專業的公事包迎上來，脅肩諂笑，一副有話要說的樣子。

不過德叔給了他一個眼神，謝律師立刻心領神會，關心地問：「今天的開幕儀式順利嗎？」

「雖然說在里民活動中心捐一個小圖書館，讓孩子們多讀書是好事，但我這種上不得檯面的村姑以後就不去湊熱鬧了。」惠姨的一條命幾乎被禮服與高跟鞋去掉大半。

「要我多做好事的是妳，抱怨的也是妳。」德叔鬆開領結，斜眼看著妻子。

「不管啦，我就不喜歡需要拍照的正式場合。」惠姨回瞪丈夫，拖著疲憊的腳步往屋內走，親切地詢問客人，「謝律師，今天吃燒鵝，不要給我跑，一定要留下來吃晚餐喔。」

「久聞惠姨手藝，我特地空腹來的。」謝律師朗爽地大笑。

確定太太已經回到屋內，德叔才換上談正事的嚴肅臉孔，「今天里長、鄉長、幾位鄉代表都來了，記者該拍的照拍完，他們該致的辭也說完，馬的，這回再不推薦我入黨，順便頒張傑出市民的證書給我，就別怪我抓狂。」

「放心、放心，鄉長一向講義氣，德叔慷慨給他面子，不久必有回報。」

「他上次在喬下水道工程的時候，是靠我安撫了兩個地方角頭，還經我推薦找到價格最漂亮的廠商。」德叔點起一根菸，若有所指地說：「我老了，記憶力變得不好，很多細節我都有逐條記錄，一清二楚、一個不漏。」

「欸，這樣講就傷感情了，道上誰不知道德叔最講信用，做事最穩，口風最緊，人脈最廣。」謝律師陪笑道：「連自己的小弟做錯事，二話不說，大義滅親，誰不敬佩德叔的殺伐果斷。」

「別拍我馬屁，然後，別再提那件事……」德叔徒手捏熄菸頭，陰毒的口吻。

「是……是是我多嘴了。」謝律師略有慌張。

「交代你的事辦得怎樣？」

「屏東的朋友，當然辦得妥妥當當，晚點新聞就會看到。」

「嗯，希望他會知難而退。」

「聽說開了上千槍，還敢不乖乖聽話？」

「那個男人……眞是不好說。」德叔做事從不只做一手準備，「萬一他眞的蠢到不怕死，豁出去依舊鬧上法院，我們該怎麼處理？」

「……」謝律師苦著一張臉，難以啓齒。

「直說吧。」

「基本上，我們是絕對拿不到監護權的……」

「連音音親口告訴法官願意跟我，這樣也沒機會嗎？」

「令嬡成熟大氣、知書達禮，但終究才國中二年級，實歲未滿十四，這種年紀在刑法上，連作奸犯科都不罰，如果對方眞的提出了親屬關係鑑定，確定是親生的，法官不可能拆散一對父女。況且林賢生身家清白，有穩定的工作。」

「這樣的話，你的存在到底有什麼用？」

「別這樣講，德叔，想當初……認養女兒的過程也不是那麼站得住腳，所以我是由衷建議，不要走到法院去，就算是已經收到法院的通知，他要打監護權官司，也不要走到法院去。」

「我他馬的，難道要下跪求他嗎？」

「當然不是這樣，只、只是……」

「算了，我還有別的辦法。」

「其實不用這麼擔心，只要看到等等的晚間新聞，他一定會仔細思考的。」謝律師自信地勸，「德叔，這年頭眞的沒有不怕死的人……何況是爲了幾乎陌生的女兒，別傻了，現在棍子已經在眼前，等我們拿出胡蘿蔔，扔個幾萬過去，包準事情搞定。」

「別廢話了……你先進去坐吧，我再多站一會。」德叔擺擺手。

「好，感謝。」謝律師不太懂德叔的想法，但直覺告訴自己不要多問。

整個車庫重歸寧靜，德叔再掏出一根菸，沒有開打火機點燃，僅僅是夾在中指與無名指間，維持這個思考時的習慣動作。他一身金飾沉甸甸，常給人暴發戶與大老粗的印象，殊不知他的心思無比細膩。

否則怎麼能周旋數個勢力之間，黑白兩道左右逢源，在危險陰暗的世界打滾幾十年，到如今平安成家立業，再過一陣子就能正式金盆洗手，可以逐漸漂白全身而退。

事關老年生活，他不喜歡將主動權交給對方。

按照常理來說，聽到自己上班的公司被掃射上千槍，連新聞都不用看就知現場的慘烈，為了保命當然會選乖乖妥協。

可是林賢生未必。

德叔近距離觀察過他，心裡大概有了個底。

他不會低頭的，永遠不會。

「如果能早個幾年，這件事很好處理……」若是那時，德叔唯一需要考慮的，只是屍體要丟在哪裡，然而現在是漂白和退休的關鍵時刻，諸多的限制逼得他眉頭深鎖，嘆道：「變得很麻煩了，不得不冒一點風險。」

低語迴盪在車庫，像一段無解的謎語。

「女兒……可不是寵物，說丟就能丟棄……想跟我爭，別開玩笑了。」

德叔將菸收回菸盒，免得厭惡菸味的妻子又要唸個不停。他不願意再多想，確定車子有鎖好，信步走進屋內，打算去挑一瓶紅酒來佐美味的燒鵝。

本該無人的車庫，忽然傳出細微的動靜。

林音從鐵架後方鑽了出來，小小的臉蛋滿是恐懼與驚慌，合攏的雙腿還在顫抖。

這是她最擔憂的情況。

這是她最不願意面對的局勢。

簡直是從小到大所有的惡夢融合為一，形成更恐怖、更龐大的怪物，然後在光天化日之下，凝結成醜陋的實體，成真。

「不可以……絕對不可以……」

她必須趕緊找到林父，在最短的時間內。

□

欣欣大飯店。

下課時間，林音難得說謊騙了德叔，說社團有活動，必須留下來參加。她打電話問到林父的居住位置，直接搭計程車找上門來，完全沒察覺到此地龍蛇混雜，非常不適合未成年的小女孩進出。

林父原本還搞不清楚，爲什麼女兒突然打電話過來問這種問題，沒想到十五分鐘過後，就有人敲自己的房門。

先不說，爲了三日後出庭，滿床的文件資料整理到一半，不想讓女兒看見擔心官司，光附近的房間隨時有妓女與恩客進行性交易，他就不願女兒的視聽被污染。

林父準備帶林音到附近的超商去坐，可是林音一張臉快扭成整團，根本沒給林父開口的機會，逕自鑽進去房間，找一張椅子坐好，將書包放在大腿上，整理亂糟糟的情緒。

「發生什麼事了嗎？」

「……」

「都來了，爲什麼不說？」

「我！」

說時遲、那時快，林音直接從書包抽出惠姨在用的水果刀，抵在自己光滑的脖子，眼眶逐漸泛紅，委屈地鼓起雙頰。

「做什麼？還不把刀放下！」

「不准過來！」

「妳到底在幹什麼？」

「我說不准過來！」

「好好好，我知道……」

林父大驚失色地退後一步，眼前的女兒不管是神情還是雙眸都跟死去的妻子一模一樣，倔強固執的脾氣、說一不二的堅定……真的完全一模一樣，想到妻子被河水泡腫的屍首，又驚懼地再退後一步。

「不可以去法院，你、你絕對不准去！」

「妳是不是被養父威脅了？妳不要怕，有爸爸在啊。」

「沒有人威脅我，是我……對，是我自己決定的。」

「發生什麼事？妳是不是知道了什麼？」

「沒、沒有。」

「那妳拿出刀子做什麼，快點放下，萬一割到該怎麼辦？」

「除非你不到法院去。」林音咬著唇，努力忍住眼淚，仍哽咽道：「說過好多、好多次了，我現在過得很好、很幸福，你、你不要再來打擾我，懂嗎？我永遠永遠永遠……不想當你的女兒。」

「妳……」林父嘆一口氣，對女兒的心思，感到七分的無奈，卻又有三分的感動，很顯然女兒用自身性命要脅，是爲了讓自己別再蹚渾水。

會計師事務所遭槍擊的新聞，重播了三天三夜，背後的恐嚇之意，已經濃到從電視滲透而出，整個台灣恐怕無人不知此事。

「你如果發誓……那我就乖乖回去。」林音只要一個能讓自己安心的承諾，如果不是已經無計可施，絕不會出此下策。

「聽我說一個故事……」

「我現在不想聽故事。」

「很久……」林父不顧女兒反對，緩緩地坐在床邊，「很久以前，有個男人是貧民出身，爲了闖出一片天，離開家鄉到都市去打拚，對他而言，到工地搬鋼筋、去餐廳洗盤子都賺太慢了，所以他的路漸漸走偏，爲了錢開始做些見不得光的工作，直到有一次差點被警察盯上。」

「爲什麼要突然說這……」

「他要避風頭，只好回到家鄉去，然而嘗過金錢如水流進口袋的滋味，怎麼可能再回去種田，他開始建立一個小賭場，迎來打算小賭怡情的鄉親父老，起初當然僅是小賭，後來透過無數慫恿、誘拐的手段，下注的位數增加，越賭越大自然越賭越輸，他順勢露出獠牙，介紹欠錢的人去借高利貸、介紹欠錢的人去出賣靈肉、介紹欠錢的人去幫忙運毒。」

「……」林音有部分聽不太懂，但不妨礙自己理解。

「到後來，他連小賭場都收起來了，比起這種實際的犯罪行徑，『介紹』或『仲介』的風險低太多了，寧願雙手乾淨地去抽成佣金，也不願再動刀動槍成爲警方的黑名單，經過幾十年的經營，他在黑社會已經無人不知、無人不曉，只要有錢、有需求，無論是軍火、兒童、毒品，他都能介紹賣家。」林父站起身來，慢慢地朝女兒走去。

「這個、這……該不會……」林音大概猜出來了。

「這樣泯滅人性的惡徒，名叫陳鈞德，外號叫作德叔。」

「……」

林父小心地取下林音手中的刀，指著床鋪上一疊又一疊的資料，沉重地說：「牽涉到他的犯罪，多到數不清楚，間接害死的人命，多到怵目驚心，要不是他夠奸詐狡猾，始終沒被逮到直接證明他犯罪的證據，陳鈞德早該被判死刑了。」

「……」林音張大嘴，臉蛋沒半分血色。

「多虧那位『小姐』讓我見了這幾年她自身收集與調查的資料，勾勒出陳鈞德的邪惡樣貌，才讓我痛定思痛，一定要讓妳遠離這種惡徒。」

「不……這不是重點呀。」

「這種惡徒的卑劣手段只能嚇嚇膽小的人，我無所畏懼。」

「不要這樣說……」

「十年過去，我身爲失格的父親，原本是沒資格打擾妳的新生活，能在遠遠的地方見證妳的成長與努力就已然是最幸福的待遇了。可是，妳的養父十惡不赦、罄竹難書，我就必須盡一個父親的責任。」

林音推開書包，忽然站了起來，雙手抓住林父的袖子，強迫自己冷靜，吸吸鼻子，溫和地說：「請答應我一件事，拜託。」

「說說看。」林父大概猜得出，女兒還是很擔心自己。

「再等幾年好不好？只要再等四年、五年，等我長大了，一定會常常陪伴在你身邊，不需要這麼著急，慢慢來沒關係，對不對？。」

「林音。」

「等我高中畢業就好，用不了多久的。」

「……妳眞的是個很溫柔的孩子，像她。」

「答應我，拜託！」林音又開始著急。

「……」

「拜託你。」

「好吧……我知道了。」林父不愛說謊，但有些謊言不得不說。

□

雲層厚重，一層蓋過一層，厚得連陽光都無法穿透。

沒有雨、沒有風，只剩無邊無際的壓抑，讓人感到不適，卻又無法指出原因。

法院，爭議仲裁之所，正義伸張之處。

阿爺與迎春站在法院對向馬路的人行道，茂密的路樹枝葉繁盛，幾乎將他們籠罩在黑暗中，身影變得有些模糊，不安的躁動感在擴散，樹葉無風飄落，竟有幾分凋零的淒美。

擔任城隍數十年，迎春都沒有此刻的不安，與失去神職無關、與失去神權無關，單純的無力感，令她不知不覺雙手捧在胸前，希望一眼望去的畫面中，不要出現林父。

阿爺臉上倒是一如往常掛著璀璨的笑容，不過離奇的是，這個笑容如同今日的天氣抹上了一層陰暗，看起來格外逞強，手中揪著過長的領帶，卻沒有如往常般白目地甩動，只是靜靜地懸在半空。

「前輩，最後最後最後了……」

「只要林父不來，什麼悲劇都不會發生。」

「我們就賭這種渺小的機率？」

「林父與我們沒半點關係，就單純當個觀眾不好嗎？」阿爺攤開領帶，張開掌心讓傷口暴露。

「那前輩趕緊跟林父結緣吧，這樣就有關係了。」迎春完全不看那個小傷。

「這種無慾無求毫無上進心的人，財格向來是淺到不行，光從他拒絕德叔的收買就能看出端倪，對我的業績一丁點幫助都沒。」

「如果我還是城隍，還擁有神權的話，早就自己來了，誰會求你這個混蛋！」

「說也奇怪，妳如此著急，怎麼不請過去的同事幫忙？」

「這，我……」迎春張大嘴，吭不出半點聲音。

阿爺直截了當地說：「因爲妳心知肚明，干涉塵世到這種程度，無神能承擔風險。」

「我敢！」迎春沒有遲疑，哪怕是零點一秒鐘。

「所以妳是傻瓜。」過度急公好義的傻瓜……阿爺一想到這點頭就開始痛了。

一輛中古車緩緩從遠方駛來，就跟這條川流不息的馬路上，隨便一輛路經的車相同，無論是品牌、顏色、車款都沒有特別的地方，僅是熟練地駛進人行道旁的空車位，然後熄火，恰好也在巨大路樹的樹蔭範圍內。

迎春的雙眸滿溢著絕望，絕望到剛剛被罵傻瓜都不在意。

阿爺也笑不出來了，撇過頭去，違反過去的信念與價值觀，思索是不是真的有什麼絕妙的方式，能夠用最輕、最不影響的程度去干涉塵世，讓悲劇延後一些發生。

他不是沒有干涉過塵世，可是如此黑暗龐大的因果，連碰都碰不得，眼前如同有一個直徑三百公尺長、厚度一百公尺寬的黑色巨輪，以不可阻擋之勢朝自己滾過來，最好的應對方式是「逃」，絕非試圖讓黑色巨輪偏離路線。

用過去千年的經驗判斷，阿爺能夠猜測到事情會朝最悲傷的方向發展……而如今精準預言命中，卻再無任何看透人性的驕傲與自滿，反而默默地冀望，自己偶爾看走眼猜錯，甚至想做些什麼，讓自己的猜測錯誤。

如此失常的原因……

大概是因為她堆積在雙眸的淚水吧。

阿爺凝視著對人性失望的迎春，以及噙在眼角承載著悔恨的清澈液體。

「快走、快走！」林音大喊著，無視交通規則與安全，急急忙忙地從法院那邊穿越馬路過來。

目標當然是林父的車。雖然她抱持著一線希望，或許親生父親能履行承諾，但為了保險起見，她還是偷偷地在這等待。

林音敲敲車窗，慌張的雙眼朝馬路另一邊望去，見著德叔與謝律師帶著幾位黑衣人低調地走入法院，等到車門解鎖，連忙坐進副駕駛座。

「抱歉……」林父愧疚地道歉，率先解釋道：「等到妳長大，就會知道有些事情明知困難、明知危險……還是得去做。」

「那也不可以違反我們的約定啊！」林音很失望，急得眼眶都紅了。

「對不起，請原諒我這一次，未來對妳絕不會有任何謊言。」

「爸！」

「妳……妳叫我什麼？」林父的鼻子一酸，爲之動容。

「你聽好……」林音憂愁地開口……

阿爺與迎春就隔著一道車門，透過昏暗的車窗注視這對父女交談。

沒過多久，迎春緩緩地轉身，眼淚直直落下，捨不得再看。

緊接著，阿爺也慢慢轉過身，再無任何笑意，不願再多看這起天倫永別的悲劇。

沒過多久……

林音跌跌撞撞地下車，跪倒在人行道上，一張小臉憋得通紅，頸部的青筋冒出，身軀繃到最極限，原本堵在喉嚨的悲鳴，全數攪和著豆大的淚珠釋放。

「救命！救命啊……快點救救爸爸！」

聲嘶力竭，肝腸寸斷，吼出了無比悲戚的求救聲。

可是附近並無行人，一副徹底絕望的景象。

她連滾帶爬想找到人求援，但舉目所及無人可求，除非穿越六線道到法院去。

跌跌撞撞的林音又回到車中，好不容易從林父的口袋找到手機，口齒不清地撥打一一九求救。

就算救護車來得很快，這段時間她也沒有浪費，不是無助地恐懼等待，雖然不知道該怎麼做，但仍依照直覺解開林父的襯衫，推平駕駛座的椅背，希望藉由這樣的動作，讓他的肺可以吸到寶貴的空氣。

可惜沒有半點效果。

林音想使用CPR心肺復甦術，卻沒有學習過這方面的技術，只能模仿電視上演過的情節，在林父的胸口按壓。

當然沒有半點效果。

救護車來了。

在尖銳的警報聲響中，由兩名救護人員接手，依他們的經驗來看，患者的表情痛苦猙獰，嘴巴與雙眼張到最大，整個人呈現紫青色，像是在空氣中窒息。

大概判斷一下，可能是氣管堵塞，立即使用藥物與插管，一連串的緊急救治沒有延誤半秒，就是想要避免到院前死亡的狀況，與死神拔河競賽。

儘管他們看多了悲劇，但父親在女兒的面前死去，依舊是讓人難以接受，不免讓人感嘆上天眞是殘忍。

在心跳停止或呼吸停止的情況，四分鐘後人的腦細胞開始死亡，十分鐘後腦死幾乎不可逆，他們要搶的，就是這短短的時間。

「是氣喘吧……」

「是，車上有空的支氣管擴張劑。」

「用完了，忘記補，唉。」

「我先通報警方。」

「先抬上救護車，送到醫院還有機會。」

「孩子怎麼辦？」

「員警兩分鐘後就會到了。」

救護人員們簡單地溝通完畢，配合無間地各司其職。林音還跪坐在人行道上，六神無主地哭泣，卑微的姿勢彷彿在向老天爺祈求。

天空的雲層又更厚重了，始終沒有要下雨的意思，無情地淤積更多的壓力，宛若填充了滿滿的怨氣無處抒發，讓雲鬱成黑色，隨時都會以無聲的方式炸開。

一左一右，如守護神似的，阿爺與迎春站在林音兩側。在更遠更遠的後方，要來累積業績的死神，一如往常地沉默。

「前輩，悲劇終究還是發生了。」

「嗯。」

「事已至此，對於一位即將死去的父親，有什麼看法嗎？」

「沒有。」

「無話可說嗎？」

「有話……人的貪婪又再次刷新紀錄，可怕。」阿爺感受著從心底冒出的寒意。

「可悲。」迎春慢慢地抬起頭，看著一片陰暗的雲，懷念以前擔任城隍的時光。

她情願去對付作惡多端的神，也不願意再面對人。

□

清晨五點，林音呆坐在床鋪，就算穿著睡衣，也不代表昨晚有睡。

灰濛濛的光線勉強穿透窗簾進來，整個寬闊的房間抹上了一層混濁不清的顏色。

寧靜的無扇葉風扇在吹拂，將窗簾吹掀起一些，試圖讓更乾淨的陽光進來，再將她的劉海揚起一些，嘗試讓她麻木的五官有一點感覺。

回想起昨天，記憶似乎被割裂成無數碎片，第一次踏入急診室、第一次跑進法院、第一次被帶進警察局，一瞬間，好多好多的詢問朝她擠過去，多到根本沒辦法回答。

在德叔、惠姨、謝律師的看顧之下，警察沒有多少機會可以追問，不過林音還是盡量地回答，縱使神情哀戚、身體輕顫，依舊是沒逃避責任。

到底發生什麼事？

這是所有人都問的問題。

「他對於監護權的事……很激動，一下子破口大罵、一下子又說到過去媽媽的事，說著說著氣喘就發作了。我原本以爲會跟上次一樣，吸那個藥就沒事，但沒想到……沒想到藥似乎用完了，然後、然後……就這樣子……」林音努力地回答。

某個警察接著提出一大串疑問。

「我不知道，他有找副駕駛座前面的……小櫃子，一直翻、一直翻，可是都沒有找到，大概沒多久，一、二十秒吧，我不確定，他就支撐不住暈倒了。我一直叫他、拍他，可是沒有用……一點用都沒有，然後我用力把他推回去躺好，想試試看ＣＰＲ，但我不會……對不起……我眞的不會……」

林音在回答的過程中哭得一把鼻涕、一把眼淚。

警察並非鐵石心腸，先讓她回家休息，說之後再看情況登門拜訪。

還有很多的問題等待她回答，不過林音已經記不清楚了，昨天眞的是一片混亂，導致記憶跟著散亂不堪。

呆坐在床上的她，終於改變姿勢，看一眼手機的時間，已經六點多了，不得不拖著沉重的步伐下床，換掉絲綢製的睡衣，穿好學校制服，在化妝鏡前綁好馬尾。

剛起床不久的惠姨，原本只是擔心開門探探女兒睡得好不好，沒想到林音已經穿戴整齊，連書包都揹好，一副要去上學的模樣。

惠姨大驚失色地說：「今天請假吧。」

「我去讀書比較好，不然我會一直、一直、一直回憶昨天……」林音的臉色慘得令人心疼。

「叫爸爸載妳去呀。」

「沒關係，平時我也都是搭公車。」

「那妳等等我，馬上就有早餐吃。」

「媽……」

「我很快就好。」

「媽，我是眞的沒事，別擔心。」

「可是……」

惠姨的眼眶泛酸，就算彼此之間沒有血緣關係，可是從第一次見面，與這個乖巧聽話的孩子聊天，就已經決定要把她當作親生女兒看待，實際上，林音也相當尊重、孝順，把自己當成親生母親。

退一步說，就算今天彼此是陌生人，這麼小的孩子，年紀輕輕遭遇這樣子的悲劇，留下的心理陰影不知道有多巨大，就應該由大人來開導、安撫。

惠姨在十八歲那一年失去雙親，所以她完全明白失去親人的瞬間，會產生多可怕的衝擊，彷彿整個世界跟著停擺，視野僅剩下黑白兩色，腦袋混亂成一團。

「罷了，自己注意安全就好。」

也許，自己一個人靜一靜，是最好的療傷方式。惠姨不再強求，乾脆塞了兩千塊給林音，叮囑她早餐、中餐多吃一點，最好請朋友一起吃，大家開開心心地聊聊天。

林音嘴巴上說知道，但事實上她根本做不到。給了媽媽一個擁抱之後，就默默地走出家門前往學校。

步伐沉重。

連帶來溫暖的陽光，對她而言都像是披著沉重的金色棉襖。

比平時早四十分鐘出門，見到的景色完全不同，她需要這樣的不同，利用改變來揮別不堪回首的昨天。她緩緩地走在路上，學生和上班族的數量不多，連時常要排隊的早餐店，都能夠直接點餐。

林音拉緊書包背帶，沒胃口吃任何食物，與送報大叔、送羊奶阿姨、晨跑的民眾，在同一條路移動，直到彼此擦身而過，各自前往不同的方向與目標。

林音走到了公園，這裡有一一四號公車的站牌，可以直接抵達靜文中學。

但她沒有在候車亭停步，而是繼續往公園的深處走。

熟練地避開在廣場跳舞的奶奶們和練外丹功的爺爺們，像一條不起眼的野貓，以無聲、不起眼的步伐行走……

公園好廣闊，顯得林音好渺小。

渺小到沒有人注意到，她獨自一人走進最偏僻的公共廁所。

還太早，女廁沒有人使用，林音踏上挺乾淨的地板，鼻子聞著還能接受的異味。

找到最裡頭的隔間，打開廁門，再打開書包，用手帕小心翼翼地拿出卡其色紙袋，確認附近沒有人、沒有任何不對勁的聲音。

她深深吸一口氣，敞開紙袋，裡面裝著一根驗孕棒、兩罐支氣管擴張劑。用手帕夾起驗孕棒，將其插入滿是沾血衛生棉與排泄物衛生紙的垃圾桶當中。埋沒，到看不見爲止。

刻意等待兩分鐘，林音才面無表情地用腳踩了沖水手把，製造剛用完廁所的假象，出來洗手台清潔，縱使根本沒有半個人瞧見。

她沿著一樣的路徑，用一樣的步伐回到候車亭。

運氣不錯，公車正好緩緩地停下，她一上車，立即找到後面第三排，有個正在吃早餐的男高中生，沒有再多猶豫個幾秒鐘，林音非常果斷地坐在他旁邊的空位。

等到男高中生吃完三明治、喝光奶茶，準備打包找垃圾桶扔掉，林音拿出扭成一團的卡其色紙袋，瞬間在腦海中回憶確認兩罐支氣管擴張劑，趁洗澡的時候已經噴乾淨，有用清水洗過幾次避免指紋殘留……

「抱歉，能不能順便替我丟一下呢？」

林音綻開一個任何青春期男性都不會拒絕的笑容。

「喔……喔，好啊。」

男高中生將紙袋塞進早餐店的塑膠袋內，打上徹底的死結，還以一個帥氣的微笑。

在他們後一排的座位，阿爺與迎春嚴肅凝重地坐著。

「前輩，男人都是這麼蠢的生物嗎？一不小心就成爲滅證的共犯了。」

「遇到這種可愛的凶手，能怎麼辦呢？」

「……」

「繼續觀察吧，不要再問了。」

「……當初，林音是這麼恐怖的孩子嗎？」

「我不知道。」

「在育幼院的時候，她明明是天眞無邪的小女孩。」

「我說，我不知道。」

「那把火，到底是燒出了怎樣的怪物？」

「……」

「林音究竟是從何時開始，變成了惡魔？」迎春看向身邊的前輩，語氣已經沒有半分波動，宛如在詢問一個沒有任何意義的問題。

身爲與林音結緣的財神，阿爺原本有一堆似是而非的大道理能講，然而，這種情況，實在是太過罕見……殺人不算什麼，自古以來為錢殺人者數之不盡，只是林音殺自己的父親，而且，殺得太理所當然。

冷靜、冷酷，毫無破綻的手段，彷彿生命不過是經過設計就能輕易取走的物品，連當時在場的死神都不斷搖頭。

她的存在，幾乎摧毀掉孟子說的性本善，洛克說的人如白紙。

很早以前，林音就畫出一條界線給林父。

同時，非常努力地阻止林父越界。

不過林父還是越過去了，在屢勸不聽、在林音以死相逼的情況下越過，然後，她就執行規劃已久的計畫，沒有任何天人交戰、沒有一丁點游移不定，如執行程式碼的機械，不受情感、道德的約束。

弒父。

與林音結緣之後，阿爺就知道德叔與林父必有一爭，知道林音不似外表般天真無邪，卻……實在沒料到，會是如此悲哀的結果。

這樣的孩子前所未見，百年、千年來都沒見過殺父如殺豬殺狗的孩子，阿爺縱有千言萬語，也只能茫然地壓縮成一句話。

「我眞的不知道。」

□

育幼院，十年前。

林音再度回到育幼院的門前，按下過去不敢按的電鈴。

黃老師一臉狐疑地開門，沒有看見任何訪客。

如果是尋常人家大概會認爲是惡作劇，罵幾句髒話就關門，但育幼院的情況不同，許多未婚生子的小媽媽或無法扶養嬰兒的年輕夫妻，都會將孩子放在門邊，按電鈴提醒之後，用最快的速度逃跑。

於是，她特地慢慢開門查看，卻沒想到來的並非嬰兒，而是名昏倒在地的女童。

黃老師一見林音的傷勢，便覺得太不尋常，臉頰整個腫起，門牙斷掉兩顆，身上的衣物有數個明顯鞋印，手臂、小腿的瘀青和挫傷無數，身體一副營養不良的模樣，過度乾癟削瘦，還能聞到一股臭味，用經驗與直覺推斷，這八成是可憐的受虐兒童。

她立刻呼喚育幼院院內的其他老師幫忙，借來一輛車將林音送往最近的診所，可惜今天公休沒有開，只好暫時送回育幼院。

黃老師替林音找一個房間安置，先用最基本的醫藥箱處理，然後脫掉髒髒臭臭的衣服，用濕毛巾細細擦拭，裡裡外外清潔一遍，避免髒污讓傷口感染。

以一位育幼院的老師來說，最多只能做到這樣子了。

黃老師卻不因責任已盡就去做其他工作，選擇一直待在床邊守候，就怕傷口會突然惡化。時間一點一滴過去，到下午六點左右，小小的奇蹟發生……

林音清醒過來，痛苦與恐懼仍殘留在她身上，但是一眼望去，沒有會吃人的虎姑婆，也沒有動手打人的可怕叔叔，這個小小的房間充滿安詳，寧靜得不帶一點吵雜。

只要再有個東西吃，這裡就能算是天堂了吧，林音雙手按著飢腸轆轆的肚子，腸胃空虛地抗議絞痛，讓皮膚上的傷口都變得沒那麼疼。

「等我一下。」黃老師離開房間。

等到她如約定再回來，手上端著一碗熱騰騰的咖哩飯。

林音渾身輕顫，真的沒想過這個世界上會發生這麼好的事，小小的手接過湯匙跟盤子，手指都在發抖，喜出望外，趕緊一匙一匙地把咖哩飯送進嘴巴。

明明是大賣場的特價咖哩塊、明明裡面只有胡蘿蔔跟馬鈴薯，連塊豬肉都沒撈到……她卻一直於心中感歎，爲什麼會這麼美味呢？爲什麼會有這麼好吃的東西呢？

才四歲的小女孩，在這個瞬間彷彿長大了二十歲，眼淚混著鼻涕，全部落盡了土色醬汁之上，她完全沒有發現，依然一口一口地吃進肚子裡，因爲她的視線，早就被淚水給模糊了。

原來媽媽說的對，媽媽並沒有不要自己，而是把自己送進一個接近天堂的地方。

對於母親的回憶，在林音的腦海中立刻明亮了起來，最後的身影、分別前的神情、離去的交代，全部刷得清晰，一點點陰影都沒有。

「妳慢慢吃沒關係，還多得很。」黃老師很溫和地引導，猶如在餵食遍體鱗傷的小動物，深怕稍大的音量就令她再次受傷。

咖哩飯很多，能讓整間育幼院的人吃兩、三頓，可是當林音清空盤子再要時，黃老師技巧性地暫緩，免得她飢餓太久的胃受不了。

「傷口還痛嗎？」

「嗯……」

「是誰這麼壞？」

「叔叔……」

「哪個叔叔？」

「不認識的。」

「那妳是哪裡來的？」

「……」林音一愣，肚子裡食物開始產生熱量，腦袋漸漸恢復清明，記得媽媽曾交代對於任何問題都要說不知道，於是她弱弱地說：「……不記得了。」

「爸爸跟媽媽呢？」黃老師繼續問。

「……」

「沒關係，不用急，先喝杯水。」

「我、我……好像……好像也不記得……」林音哭喪著臉，慌張地說：「對不起、對不起……」

「沒事的。」黃老師摸摸她的頭，和藹地說：「這不是妳的錯喔，是因爲受傷的關係，才會害妳想不起來，等身體、心理的傷口癒合就會記起了。」

「好的……」

「名字呢？還記不記得？」

「……林音，我叫林音。」

「嗯嗯，眞優雅的名字呢。」黃老師綻開平易近人的笑，端起空盤，站起身來，貼心地問：「還要吃嗎？」

「眞、眞的可以嗎？」林音不免激動。

「我們這呀，沒有錢、沒有資源，簡單來說，不是多了不起的地方……可是，我們絕對不讓孩子餓肚子喔。」

「……」

林音睜大眼看著黃老師的背影，像是見到什麼不可思議的奇蹟。

光是這間房間就比車站……不，就比「家」好得太多，她沒有半點根據，就能下這樣的結論。在這聽不到永無止盡的吵架，聽不到父親虛弱的喘息、母親無奈的嘆息，感受不到朝不保夕的憂鬱蔓延。

媽媽沒有拋棄林音，單純是爲了讓林音過上更棒的生活才會這麼做的。

一定是這樣的，媽媽沒有拋棄林音，媽媽絕對沒有拋棄林音，沒錯……

「謝謝妳……媽，我愛妳……」她喃喃自語，彷彿在跟媽媽道別。

耳邊揚起媽媽最後的交代。

「記得讓自己過得更好。」

「我一定會，一定會做到的……絕對……」

林音下定決心，無與倫比的決心，絕不動搖的決心。

要好好地活。

□

私立靜文中學，操場，七天前。

林音自在地漫步，低頭滑著手機，馬尾在背後左右晃動，陽光拉長了她活潑又俏皮的影子，散發出甜甜的青春洋溢。

社團的學姊看上藥妝店的帥氣店員，正苦惱不知道該找什麼藉口接近，林音就提供一張該店發行的貴賓卡，除了買東西可享九折，還有集點換贈品的功能，學姊可以利用這個機會請店員協助，創造出更進一步認識的機會。

當然，學姊不是平白無故得到這張卡，她得替林音帶幾樣指定商品回來，爲滿足育幼院弟妹們的公益行動盡一份心力。

一想到這裡，林音想起清單上還有幾樣沒買到，連忙用手機登入購物網，看看累積的紅利夠不夠。

螢幕邊緣忽然彈出一個廣告吸引了她的注意力……

跟在林音屁股後面的阿爺與迎春，一邊偷窺螢幕顯示的網頁、一邊感到不太對勁地交談。

「前輩，這麼善良可人的小女孩，怎麼可能做出什麼惡事……」迎春嘴巴是這樣說，但有了這幾年在塵世闖蕩的經驗，的確感受到有些不妥。

「妳是從哪點做出這麼天眞可笑的判斷？」阿爺搖搖頭。

「從育幼院畢業之後，過上富裕充實的生活，她卻依舊選擇將擁有的回饋給過去養育自己的地方，盡心盡力、自動自發，沒有人要求，她能做到這種程度，無論從哪個角度來看，都是無比善良的好孩子。」

「那她明明能將物資郵寄到育幼院，爲何總是要親自送？」

「當然是爲了維繫感情。」

「爲何她不直接捐錢，而像聖誕老人般滿足每個孩子的心願？」

「人家願意付出就很了不起，前輩管太多了吧。」迎春嗤之以鼻。

「沒那麼簡單的。」阿爺聳聳肩，自以爲是地笑道：「以結緣的對象來說，這孩子的心計深沉，未來的前途不可限量，我的業績就靠她了。」

「咦，你有看見她把什麼商品放進購物車嗎？」

「她……」

阿爺忽然停下腳步，掛在嘴邊的笑變得格外難看。

迎春也停步，不解地問：「前輩有看到？」

「嗯……」

「是什麼？」

「……」

「前輩總是要逼迫我使用暴力，才願意降低討人厭的程度呢。」

「……是驗孕棒。」

「什、什麼？」這下換迎春的臉色難看。

「將驗孕棒沾觸女性的尿液可以檢測出……」阿爺神情凝重地解釋。

「停停停，我知道這是什麼。」迎春面紅耳赤地嚷嚷，「我是不知道她買這個要幹嘛，十四歲的女孩都還沒那、那個……是明媒正娶，行拜堂之禮，怎麼可能會用到這種東西？」

「妳是哪來的原始人啊？況且，百年前十四歲的女子嫁人生子不算罕見。」

「不一樣啦！」

「另外，有一點很奇怪……」

「什麼奇怪？」

「嗯……她買的驗孕棒，是歸類在整人玩具裡面。」

「整人玩具⁉」迎春產生被時代拋棄的挫折感，「這種事也可以拿來開玩笑嗎？」

「話說這個時代，超過三十歲未嫁，有的女性會自嘲自己是敗犬、剩女……我記得妳好像六十幾歲了吧。」

「兩個世界的時空不同，不能這樣算！」

阿爺沒理會迎春的抗議，繼續思索林音這種怪異行爲的背後動機。

林音並沒有再表現出更多失常的舉動，宛若剛剛訂購的物品，是單純不小心按到，完全拋諸腦後，將手機收進運動褲口袋，繼續在ＰＵ跑道上健走，讓迎面來的暖風吹動及腰的馬尾。

沒過多久，一道阿爺與迎春都認識的身影出現，遠遠地走來，踩著不算穩的步伐，步頻中傳達出真心的殷切。林父一見到女兒，那張永遠的苦瓜臉就自動擠出幾分難得的笑意，發自內心、純粹無雜質的笑意。

「藉這個機會，剛好能夠告訴妳。」林父開始漫步向前，走在深紅色的ＰＵ跑道上，掏出一罐如大拇指粗的支氣管擴張劑，「第一，是氣喘，一點都不需要擔心，現在的藥比十年前好用太多了，就算氣喘發作，只要立即吸藥就能緩解。」

「……如果是這樣就太好了。」不過林音卻想到當初他在校門發病的可怕場景。

林父將藥罐交給女兒，坦白道：「像這罐剛剛用完了。」

「咦，這樣不是很危險嗎？」

「不會，我身上有備品，車上也會準備，所以……希望妳知道這種病不會妨礙我盡一個父親的責任。」

「……」林音的清澈眼波流動，緊握著空空如也的藥罐。

不過是尋常的父女對話，可是在旁邊觀察的阿爺雙眼卻沒有離開林音的手，一秒鐘都沒有。

他在等待看見，林音會怎樣處理藥罐……正常來說，最有可能物歸原主，將藥罐還給林父，第二種可能，是順手把藥罐拿去丟掉。

他們路經了操場的垃圾桶，林音無動於衷，藥罐依然握在手上，持續跟林父談話，語調沒有飄忽，神色相當正常。

直到林父拿出了相本。就在林音接過之前的刹那，藥罐自然而然地放進口袋中。在場的林父、迎春注意力都在相片上面，唯獨阿爺捕捉到這個不經意的小動作。

……不經意的小動作。

阿爺微微地張開嘴巴，一個不妙的想法如電流般穿過腦袋，他突然懂了，一直以來林音在四下無人時不自覺出現的古怪表情、不經意露出的悲嘆、不能控制的隱約怒意、不像這個年齡會出現的反應與動作……是怎麼回事了。

「她居然想要……弒父。」

□

德叔的私人別墅，車庫，三天前。

謝律師一直以來都不喜歡這個雇主，德叔表面上俗氣地穿金戴銀，刻意將自己搞得像是腦袋簡單的暴發戶，但相處久就知道他的心思細膩，心機城府極深，更可怕的是冷酷無情。

前些年，德叔有個得力的手下叫作憨支，憨支孔武有力、頭腦清楚，用電玩遊戲來比喻就是個武力值九十，智力也有七十五的人物，還沒成年就跟在德叔身邊混，砍人、討債、跑腿什麼工作都幹得不錯。

結果……在華北銀行ＡＴＭ盜領案，憨支不過是從中拿錢去還賭債，總額幾十萬，還不到七位數，德叔竟然能痛下殺手，取了他的命來賠。說眞的，幾十萬根本不是什麼大錢，隨便仲介個工程，德叔都是幾百萬、上千萬在抽佣金，不替憨支還賭債就算了，還用極殘酷的手段虐殺，根本不是正常道上兄弟的作爲。

恐怖。

謝律師親眼見過那具塞在汽油桶的屍體，當場就吐得亂七八糟，回家作了一週的惡夢，還跑到宮廟去收驚才沒事。

他無數次想要辭職，但終究沒有勇氣。

謝律師是從俗稱學店的大學畢業，就算畢業後洗心革面，發奮圖強考上律師資格，依舊找不到像樣的工作，幾家律師事務所對其沒半點興趣，還語帶嘲諷取笑，他一怒之下借錢出來獨立開業。

問題是，一沒名氣、二沒實績，根本接不到案子，德叔就成了唯一的客戶，占營業額百分之一百，辭職就等於吃西北風過活。

謝律師掛上職業的微笑，內心不斷默默抱怨，表面上很親切地向德叔解釋，如果林音的監護權由法院決定，那法官絕對不會尊重孩子與養父母的意見，監護權一定會判給親生父親。

德叔進入一種焦慮的狀態，面對過無數政商名流與黑道角頭的老沉男人居然會這樣子，謝律師十分訝異，但不動聲色，偷偷瞄向躲在鐵架後面的林音。

偷聽是不好的行爲，不過依照德叔對女兒的溺愛程度，謝律師打算當作沒看見，避免得罪這位千金小姐。

漸漸地，謝律師開始好奇，連從小帶長大的憨支都能爲了幾十萬捨棄掉，那林音，沒有產值可言的小女孩，德叔願意爲她付出多少的代價？

這個問題，在現場的阿爺一樣好奇，還好謝律師的心裡打算先有個底，利用一個眼色與簡單的手勢詢問德叔，是不是要動手？

只見德叔輕輕地搖頭，尚未失去基本的理智。經過歐陽盜領ＡＴＭ的事件，自己就已經算暴露在警方的雷達上了，如果想順利在一個月後退休，而不是在監獄度過餘生，現在就不能隨意殺死林父。

謝律師偷偷鬆一口氣，慶幸德叔尚未失心瘋，沒有用殺手來解決問題，這也代表德叔不願用硬的，想改用軟的，估計就是向法官行賄吧……不過法官的價格向來開得很高，這回必定得大失血。

阿爺看懂德叔與謝律師的暗示，然而，這一來一往僅僅是不起眼的小動作，林音是看不見的。

一旁的迎春則是完全看不懂，趕緊問：「這對壞蛋，是不是又在密謀什麼？」

「妳應該擔心那個小小的林音是不是在密謀什麼。」阿爺瞥向林音躲藏的位置。

「這麼善良的孩子……我絕對不相信，會計畫殺死父親這種逆倫大罪。」

「不管妳信不信，都不會改變事實。」

「前輩還記得吧，三年前跟林音結緣的時候，她擔憂受怕的可憐模樣……現在怎麼可能突然有勇氣去殺人。」

「我們不曉得她的童年遭遇了什麼。」

「前輩眞的覺得林音像是殺人凶手嗎？」

「不像。」阿爺仍然緊盯著林音，由衷地說：「所以才可怕。」

「爲什麼？總該有個動機吧！」迎春不能接受這種胡言亂語。

「因為……林父侵犯了她的底線。」

「底線？」

「名為幸福的底線。」

「一個連零用錢都捐給育幼院的孩子……」迎春撥開因震撼滑落的粉紅色劉海，依舊不能接受。

「她不是捐，而是施捨。」阿爺很失望，對自己失望，「我早該看出來的，她回到育幼院是有幫助弟弟妹妹的因素在沒錯，但最主要的原因……卻是享受被崇拜、被懇求、被當成聖誕老人的優越感。」

「優越？」

「住在這種等級的別墅，獨自睡在一個大大的房間，有著父母發自內心的關懷，就讀私立的貴族學校，交往的都是良好家世的朋友，能使用的零用錢跟一般的上班族薪水差不多，妳眼睛所視的一切建構出她優渥的生活。」

「林音的幸福就是這樣？」

「不是。」

「那是什麼？」

「她的幸福是『我明明高人一等，卻願意紆尊降貴，幫助其他可憐的人，是個品學兼優、孝順尊親的好孩子』。」阿爺用諷刺的口吻說著，但是半點都笑不出來，「……嗯，大概是這樣。」

「……」迎春想要反駁，卻有些無力。

「妳覺得，如果她跟林父回到屏東生活，有可能再享受這種『優越感』嗎？」阿爺並沒有詢問的意思，這個問題也沒有必要得到回答。

一切都源自貪婪的人性。

不過林音貪的是比錢財更高階的東西。

「她再也回不去了，無法變回那個接受施捨的人。」

「目前沒有跡象顯示、顯示林音百分之百會這麼做。」迎春仍想為人性做出最後的辯護，「別忘記，她的虛歲只有十四歲，哪有孩子會這麼偏激？」

「那是因為，我們不曉得她的童年遭遇了什麼。」阿爺再說一次。

「即便如此，也不代表林音會泯滅人性……」迎春還在解釋……

在謝律師、德叔相繼離開之後，躲在鐵架背面的林音竄了出來，純真自然的臉蛋沒有半分天真，五官之中的恐懼與驚慌頓時失去控制，渾身都在顫抖，面臨前所未有的戰慄，濃稠的陰暗氣息在四散。

「……」阿爺和迎春不知不覺屏住呼吸，即便是隔著一個世界，仍能感受到壓抑在蔓延。

彷彿在林音面前誕生了由恐慌、憤怒、哀怨、仇恨凝結成的巨大怪物，塡滿整間車庫，張牙舞爪、昂首咆哮，接著，用母親的語調吼出這段話——

「記得讓自己過得更好！」

遭遇衝擊的林音身子晃了晃，漸漸地與怪物合而爲一，先前的恐懼與驚慌，成爲了陰暗的一部分。

她眼、鼻、嘴扭曲而猙獰，充滿了足以摧毀任何阻礙的勇氣。

從此有了怪物的印記。

「不可以……絕對不可以……」

林音咬牙切齒，怒意從齒縫傾瀉而出。

□

法院，馬路另一邊，昨天。

距離法院正門不過雙向三線道寬，一輛中古車規矩地在停車格內熄火，旁邊有一棵老路樹，見不到半個行人，林父與林音分別坐在駕駛座與副駕駛座，隔著自排排檔對談，車內瀰漫著淡淡的玉蘭花香，不見其餘的擺飾，比起髒髒舊舊的外觀，裡頭乾淨得像無塵室。

「抱歉……」林父愧疚地道歉，柔聲道：「等到妳長大，就會知道有些事情明知困難、明知危險……還是得去做。」

「那也不可以違反我們的約定啊！」林音很失望，急得眼眶都紅了。

「對不起，請原諒我這一次，未來對妳絕不會有任何謊言。」

「爸！」

「妳……妳叫我什麼？」林父的鼻子一酸，爲之動容。

「你聽好……」林音憂愁地開口，「支氣管擴張劑被下毒了。」

「我的藥？」

「是的。」

「怎麼可能。」

同人。

「爸爸住的那種地方是爸爸的……區域，懂嗎？」林音說出兩個爸爸，顯然是不

林父沉默了，女兒說的沒錯，欣欣大飯店本來就是三教九流的活動範圍，像上次德叔在沒鑰匙的情況下還不是輕鬆地進到房間，如果他派人趁自己洗澡時潛入，掉包支氣管擴張劑，或是乾脆下毒，根本神不知鬼不覺。

「妳怎麼會知道這件事？」

「是、是我偷聽到的。」

「妳會不會有危險？」

「你比較危險。」林音憂慮地催促，拿出一包卡其色的紙袋，「快把藥交給我。」

見到女兒背叛養父特地來告知這個消息，林父凍結許久的心都快要融化了，欣慰地交出幾乎不離身的藥罐。

「車上備用的也要。」

「他們連我的車都開了？」

「當然呀。」

「備用的藥在副駕駛座的置物箱。」

「好。」

林音小心翼翼地將兩罐藥放進紙袋，打開車門奔出幾步，扔進了公用的垃圾桶中，再重新回到車上，厭惡地用袖子擦拭手掌，遠離毒物之後總算是鬆口氣。

林父雖然手邊沒藥，可是林音所展現出的血濃於水之情，更堅定了他要救出女兒的信念，無論會遭到多少次開槍恐嚇、無論等等在法院將遭受多少困難，一定要拿回監護權，讓破損的家再次團圓。

「妳先回去吧，等我堂堂正正地接妳回家。」林父憐愛地摸摸女兒的頭。

「不！你也不能去。」林音再次激動起來。

「放心，法院很安全，我就不信他有辦法在法院內動手腳。」

「不是這樣的……」林音看了父親一眼，泫然欲泣。

「不然妳在擔心什麼呢？」

「我……」林音就發出一個單音，淚珠便不受控制地滾落，一顆一顆地滾落，墜在顫抖的大腿上。

「發生什麼事？」光是看到女兒哭泣的樣子，林父的心就碎成一片一片的。

「我再也……再也沒辦法離開了……」

「妳是說離開什麼?」

「離開、離開……沒辦法離開他了……」林音哭成淚人兒。

「怎麼會呢?妳先別哭,也不要擔心,我已經問過很多律師了,幾乎百分之百肯定,妳的監護權一定會還給我,不管他是多大的黑道,背後有多少勢力都沒用,我們父女一定能夠團圓。」

「不會了,已經不可能了……」

「到底是爲什麼?難道他威脅妳嗎?」

「這……」林音顫抖的雙手,緩緩地從口袋拿出一大團衛生紙。

「這是?」

林父一頭霧水,搞不懂狀況。

林音一層一層地、慢慢地撥開衛生紙團,裡面是一根驗孕棒。顯示著兩條線。

「怎、怎麼會……」

林父只感到前額遭受無形的重擊,轟了一聲,血氣上竄,視線有些模糊,臉部肌肉不尋常地抽搐,理智上完全無法接受剛剛見到的訊息,但女兒的啜泣聲,與女兒不斷阻止自己要回監護權的怪異行徑，一一告訴他驗孕棒的兩條線是真的。

自己的寶貝女兒才幾歲，就這樣被無恥至極的老變態蹂躪，林父怒火攻心，用力捶擊方向盤，一股氣始終嚥不下去。

「這、這個該殺千刀的畜生……我要親手砍死、砍死他！」

看到林父的激烈反應，林音哭得更加哀怨，抽泣道：「對不起、對不起都是我……都是我的錯……對不起……」

女兒越道歉，林父越憤怒，想說幾句安撫女兒的話，想放軟憤怒的語氣，卻沒辦法，無論如何都沒辦法，無論如何都說不出除了咒罵以外的話，全身繃得很緊，雙眼瞬間紅絲滿布，恨意在靈魂中沸騰。

即便如此，他的身體明顯開始出現了問題，整個胸膛像是塌陷一般，連帶肺部都像破掉的氣球無法鼓脹，張大嘴巴卻吸不到半點空氣。

身體自動反射，努力地喘氣，聲響厚重如牛吐息，像小摩托車卻拖著數噸重物，引擎除了發出尖銳的吱聲，其他的統統辦不到。

無論林父多想呼吸，一口氣始終提不上來，彷彿氣管被老虎鉗夾緊，一絲縫隙都不存在。

他摸摸口袋要去拿支氣管擴張劑，才想到藥被下毒，已經被丟進垃圾桶。氣喘來得很猛烈，腦袋已經快要失去意識，完全是靠意志力在支撐。

危及之際，林音遞過來一罐支氣管擴張劑，林父趕緊接過來，像是攀著一根浮木，拔掉蓋子，咬住吸嘴猛吸幾口，但他不管壓得多大力、吸得多使勁，都沒有任何藥……連一丁點都沒有。

空的。

乾乾淨淨的。

林音的哭聲不知道在什麼時候就結束了。

林父知道現在就算是打電話叫救護車也來不及，可是不遠處的垃圾桶還有兩罐藥，目前的情況來看，就算中毒也比窒息還好一點。

最大的問題是，光靠求生意志，恐怕不能支撐走到垃圾桶前。他吃力地抬起手指向前方，希望女兒能去將藥罐取回來。

林音完全沒有要動的意思，明明熱淚都還掛在臉上，表情卻冷得好可怕。

林父察覺到不對，打算豁出老命自己去取，然而手才剛碰到車門……

「爸爸。」林音說出讓林父魂牽夢縈的詞，再說出令他感到絕望的話，「請你去死好不好？去陪媽媽吧。」

林父解除中控鎖準備下車。

「如果你不死的話，我和肚子裡的孩子都會死。」

已經無法判斷女兒說的是眞是假，林父只感受到濃濃的惡意，來自這個世界上最親的人。

爲什麼會變成這樣？他完全無法理解。

林音一直在提防父親可能的拚死一搏，畢竟距離實在太近，如果一拳揮過來，自己有很高的機率受傷甚至被擊暈，這樣的話後續的說詞會很難兜攏。

正在擔心這點的她瞧見林父的手過來了，林音的反應很快，緊閉雙眼，縮起雙肩，扭轉身子，雙手護著頭部，這是她遭受無數次毆打訓練出的保護動作。

但，沒有如預期般遭受重擊，林音緩緩地張開眼睛，斜斜地望著父親。林父張開手掌，沒有半點攻擊的意思，僅是顫抖地摸摸女兒的頭，之後，也沒有力氣收回手臂了，無力地垂下，神情淒涼地失去意識。

林音有點意外，靜靜地坐在原處沒動，一方面她在思索林父最後的動作代表什麼意思，一方面她得等一段時間，讓阻礙自己幸福的人，徹徹底底地消失。

覺得時間差不多了，林音先是深深地吸一口氣，重新醞釀好情緒，再跌跌撞撞地下車，跪倒在人行道上，一張小臉憋得通紅，頸部的青筋冒出，身軀綳到最極限，原本堵在喉嚨的悲鳴，全數攪和著豆大的淚珠釋放。

「救命！救命啊……快點救救爸爸！」

聲嘶力竭，肝腸寸斷，吼出了無比悲戚的求救聲。

見證一切過程的財神與城隍依然站在人行道旁、站在樹蔭形成的黑暗中。

「人的貪婪又再次刷新紀錄，可怕。」阿爺感受著從心底冒出的寒意。

「可悲。」迎春慢慢地抬起頭，看著一片陰暗的雲。

「妳能明白這點就好，我們離開吧。」

「前輩的業績……在這一秒鐘，增加了多少呢？」

「用塵世的貨幣單位換算，四、五百萬之間。」阿爺可以感受得到，林音在不久的將來可以繼承林父這輩子累積的資產。

「開心嗎？」迎春沒有嘲諷的意思，只是想知道。

「問我嗎？」

「嗯。」

「……」

救護車比預計的時間更早抵達，阿爺在尖銳吵雜的鳴笛聲中，轉過頭，凝視著翻閱至此的讀者，時光暫停了、噪音消失了，整個天地之間，僅剩下他的嘆息，當作悲涼的開場白。

「包括夏迎春這個傻妞，以及你們這些站著說話不腰疼的傢伙，大概都覺得我他媽是無血無淚的禽獸對吧？爲了一己之私和業績福報，眼睜睜看著贖罪十年的無辜父親被女兒害死。」

「沒錯！你們說對了，我眞的是無血無淚的禽獸，擔任財神這麼長的時間，無情、殘酷、噁心、邪惡、墮落的場景實在是看過太多，我區區一個小財神，有辦法無限制地干涉塵世？像神話中的耶穌基督、釋迦牟尼一樣拯救眾生嗎？不可能嘛。」

「而且，我身爲財神，只有一項工作，就是爲財富找到主人，換個角度說，怎樣的人會有財富？有沒有聽過這句至理名言『殺人放火金腰帶、造橋鋪路無屍骸』？在這個社會，可以聽到賣毒油、賣黑心食品的人家財萬貫，但絕對不可能見到善心賣十元便當的人富可敵國。」

「這是基本的邏輯，這個邏輯也不是我定義的，我一個財神做好本分就行，其餘的善惡問題自然有其他神負責，這樣懂了嗎？夠簡單吧？」

「我才不會因爲迎春這種天眞單純的傻女，去修正長久的行事方針，我們財神就是這樣工作的，可以稍稍干涉塵世讓結緣的信徒擁有好運氣，激勵他們奮發向上去賺更多錢，爲財神帶來有靈有應的好名聲，但這種改變生死的事，哪有膽子去做。」

「千萬不要說我影響過憨支與林音的命，當憨支沉迷賭博就註定未來會出事；而林音本來就命不該絕，我如果放任其在火中燒死，才眞的是改變一條命的去留。」

「說過很多次了，滿天的神明也不過一群旁觀者而已，人的未來是生是死、是貧是富、是苦是甜，是經過自己所做出的無數選擇決定，一點一滴堆積出來的果。」

「人的本性，相信迎春已經深刻理解……對於貪婪也有更深一層的領悟。下次，嗯，下一次，我想，她就不會再被騙、再受傷了吧。」

阿爺攤開手掌，注視著還沒復元的傷口，一時之間竟然忘記繼續說下去。

直到讀者的耐心逐漸消失，他才發現自己的失態，苦笑著說：「沒關係的，罵我是超惡意財神也沒關係。」

第4章 楊氏千金

他們第一次見面，是在私立靜文中學的新生訓練。

從國小升上國中，換到全新的環境，可藉由這個機會，看清楚每位孩子的性格。

簡單分成三大類，第一類是活潑型的學生，會主動去接觸問候同學，在最短的時間內抓住眾人的目光，自我介紹說得落落大方，願意舉手擔任幹部，和所有人都是好朋友。

第二類是內向型的學生，對於陌生人總有些排斥，個性低調內斂，並不是不願意去結交朋友，也不是沒有能力，單純是不想過度展現自己，希望躲在教室內最邊陲的位置，靜靜地觀察所有人。

第三類是小圈圈型的學生，他們不張揚同時不沉默，甫接觸到新的人、事、物，迅速就能判斷出什麼適合自己、什麼該遠離自己，靠無形的同好電波去找到朋友，然後自成一個小團體，組成最舒適的圈子，對小團體外的人敬而遠之。

歐陽和芬芬就是第三類，幾乎是第一眼就認定「這個人可以一起玩」。

「我叫芬芬，你呢？」

「嚴家緯。」

之後改姓的歐陽。

在這種貴族學校中，與其說性格相近，不如說是臭味相投。芬芬的出身富裕，卻沒有半分千金小姐……不，應該說連半分女孩子氣都沒。

別人家的女兒，留著一頭如墨的長髮，戴著髮箍與項鍊，說話嬌滴滴的，嫻淑溫良。而芬芬刻意剃一頭跟男生差不多的短髮，死都不願意穿上裙子，服裝儀容不整累積二十七支警告，個性倔強不服輸，在籃球場上的表現全班前三，比男生還像男生。

相較起來，歐陽就是相當尋常的孩子，和芬芬唯一的共同點就是，與這間學校格格不入。

依他的家境，能夠讀這間學校的原因，就是父親的心情好，以及投資的南非幣有賺到錢，可是各種偏門投資能持續賺錢嗎？當然不可能。

就在國三上學期的畢業旅行結束的五天後，歐陽轉學了，儘管距離畢業只剩半年多的時間，但他還是因爲錢的關係被迫離開學校，離開有芬芬在的地方。

畢業旅行期間，他們在一個很不經意的晚餐時間決定交往，沒有特別的驚喜、沒有浪漫的情話，只是一句簡單的「要不要跟我在一起」，就跟哥們說「要不要一起去打球」一樣隨意。

越是輕描淡寫，越顯得感情深厚。

可惜才交往沒幾天，歐陽無奈地說自己要離開。

芬芬不以爲意，重申交往的承諾不變，頂多是見面時間減少，總有辦法可以克服。是的，克服了，就算偶爾吵架、偶爾吃醋，彼此的情感不減一分一毫。

升上高中，芬芬在父親的命令下，繼續讀學費昂貴的私立貴族高中，歐陽則是考上第一志願的公立高中，在家庭一片混亂的情況下開始半工半讀，成績依舊維持在頂尖水準。

高一很快就過去，高二得面對大學學測的壓力，所謂的頂級大學就是國立那幾間，沒有付出高價學費就能讀的貴族大學了，芬芬知道自己的成績註定完蛋，父親一定不能接受女兒去讀私立的學店。

同時她埋怨歐陽不是在打工就是在讀書，見面的時間少到近乎沒有。

「你不要再打工了啦。」芬芬的怨氣已經透過手機傳過來了。

「妳也知道我家那個垃圾的狀況，我不努力存錢怎麼讀醫學院？」歐陽一邊搬貨、一邊安撫女友。

「我養你。」

「……」

「開玩笑的。」

「妳明知道這是我的地雷，偏偏愛去踩。」

「女友特權。」

「白目。」

「我白目歸白目，但想到一個辦法能解決問題。」

「什麼？」

「我重金聘請你當我的家教。」

「……」

「拜託救救我的成績啦，再這樣下去我爸會抓狂。」

「去請眞正的家教。」

「我跟陌生男子獨處一室，你就不擔心嗎？」

「還好，畢竟男人婆沒什麼市場。」

「你這是人身攻擊欸，我要是認眞打扮也很漂亮的。」

「男友特權。」

「……」

「妳可以找個女家教。」

「我這種男人婆會吸引到對方。」

「……」歐陽無聲苦笑，覺得手中的貨輕好多，和芬芬聊天就會得到治癒。

「欸，我是認真的，當我的家教吧，如果成績提升，考上個國立大學，爸爸會對我們刮目相看，說不定會支持我們交往。」芬芬三言兩語就建構出美好的未來，「放心吧，家教費用一定高出你目前的打工薪水。」

「我有空去替妳補習，不用錢。」

「你老是將我的幫助當成施捨，結果呢？你卻想施捨我。」

「……」

「無話可說了吧？」

是，歐陽無話可說，乖乖地辭掉工作，努力地準備教材，透過這個過程，他也順便複習一遍高中課程，讓記憶變得更紮實。

他是個公私分明的人，認真地把握家教的工作，一週上課三次，完全捨棄掉男友的身分，遇見芬芬父親時不時傳來的厭棄冷言、輕視目光，都能以「我只是來工作」的說法，讓自己好受一點。

家教是有效果的，對雙方都是。

歐陽成功考上台灣最高學府的醫學院，芬芬即便沒達成原先的目標，至少也順利上了最好的私立大學，一片光明的坦途似乎就在眼前展開，連芬芬父親的態度都有明顯轉變，畢竟沒人能小覷未來的醫生。

大學是他們最快樂的時光，縱使不是讀同一間學校也沒關係，很多課後的時間能夠相處。歐陽在院內找到工讀機會，又有零利率的學生貸款，經濟壓力輕上許多。

家裡那個和垃圾無異的父親，仍在到處鼓吹什麼半年五倍的高利潤投資，被騷擾的親朋好友不計其數，被歸類於神憎鬼厭的範疇，慶幸上頭有六個哥哥與母親頂著，並不影響搬到宿舍住的歐陽。

反而是芬芬的問題日漸嚴重，不知道是中了什麼詛咒，還是上輩子造了太多孽，芬芬「漏財」的狀況在越接近成年越誇張，小時候弄丟餐費、手錶、書包，還能解釋成天生迷糊，隨年紀漸長，動不動就弄丟皮包、手機、戒指，連考上大學的禮物，福斯Beetle金龜車也在被拖吊第五次後，停在路邊合法車位遭到砂石車撞毀。

芬芬的母親帶著她到處求神拜佛，情況依然沒有改善的趨勢，畢竟……有的時候難以分辨究竟是厄運纏身還是性格導致。

厭惡封建迷信的芬芬父親當然不吃運氣不好這套，大罵女兒是敗家女，仗著家庭富裕漫不經心，沒有愛惜物品的觀念，所以才會常常弄壞、弄丟東西，決定半年停止經濟支援，讓女兒體會貧困的滋味。

芬芬不敢抗議，說到底，不管是厄運或是迷糊，主因都是自己，也不知道為什麼，就算很專注、很小心，東西還是會在不經意、不小心的狀況下失去，她不能無時無刻盯著自己的所有物，總會有超乎想像的意外發生。

她開始學歐陽找工讀的機會，就算母親偷偷匯款也無法阻止自己想要打破詛咒的念頭，然而，芬芬擔任茶水小妹的第一天，辦公室的影印機就壞了，第二天配給自己的筆記型電腦也壞了，第三天把錢賠一賠果斷辭職。

辭職當夜，芬芬躲在歐陽的懷裡痛哭失聲，把歐陽嚇得不輕，畢竟自己的女友向來樂觀自信不服輸，能讓她沮喪得像個小女人聲淚俱下、梨花帶雨，一定是非常嚴重的事情。

「到底是怎麼了？」歐陽溫柔地替女友擦掉眼淚。

芬芬稍微整理一下情緒，難過地說：「完蛋了，你女朋友是個被詛咒的女人……」

「喔，原來是這個原因。其實這個跟詛咒沒有關係，單純就是運氣不好而已，妳想想看，有的人會中頭彩，自然有的人會比較……嗯，倒楣一點。」

「問題是……再這樣子下去，我遲早會失去一切啊。」

「不會，我至少可以肯定，妳絕對不會失去我。」

「你、你的大話不要說得這麼早。」

「放心吧。」

「我這種被詛咒的女人，你也敢要嗎？」

「我這種家裡負債累累的男人，妳也敢要嗎？」

「要，絕對要，非常想要。」

「既然如此，我們就沒有誰不要誰的問題。」

「萬一纏繞在我身上的霉運，跑到你身上怎麼辦？」

「沒關係，我也很倒楣，我們以毒攻毒。」

「你不要老是一副無所謂的樣子。」芬芬很想板著臉好好警告男友一番，但見到歐陽略帶笑意的深邃眉眼，心裡就軟綿綿的，無奈地嗔道：「哎喲，我是認真的，你不覺得我好像被一股無形的力量控制嗎？說不定是孤魂野鬼之類的。」

「就是運氣比較差而已。」歐陽柔聲安撫。

「你保證?」

「我保證。」

可惜,沒有人可以保證未來,縱使是神也不可以。

事情就朝著芬芬最不願意見到的方向發展……

被歐陽稱之爲「垃圾」的親生父親,終於偷到他的提款卡與密碼,將下學期的學費領出來,拿去投資未上市股票,這筆錢從此人間蒸發,連一點屑屑都沒留下。

醫學院的學費遠比其他科系昂貴,歐陽是一邊省、一邊借、一邊賺出來的,當他見到戶頭歸零的瞬間,其實沒有憤怒,僅是「果然逃不掉這場災難」的沮喪。

光明的未來頓時一片漆黑,他的手腳發冷,知道自己再也沒辦法當醫生了。

不管多努力、不管多用心讀書,終究是沒辦法。

彷彿眞的有一股無形的力量,擅自地做出決定。

決定他永遠都無法翻身。

□

歐陽的性情有了一百八十度大轉變。

最明顯的差別就是再也不碰書，辦理休學之後，一箱一箱的雜書與教科書被打包，不是送往舊書攤，而是直接送往資源回收場，用論斤稱重的方式，將珍貴的原文書或精裝本當成包便當的廢紙賣掉。

不讀醫學院，他沒有經濟壓力了，透過這樣的方式，他羞辱過去努力的自己，也順便羞辱這個世界，隱隱之中，他感到幾分解脫，又有幾分病態的快意。

芬芬並不是沒有嘗試阻止，說穿了不就是爲了錢嗎，從小到大，她深刻明白一個道理——能用錢解決的問題，其實都不是問題，區區的學費只要將用不到的飾品賣掉幾盒，眨眼間就能夠輕鬆解決。

歐陽愼重地拒絕，還按捺住怒氣，再對芬芬解釋一次，不管是什麼理由，利用情感拿到的任何一毛錢對自己都是羞辱，跟那個到處偷拐搶騙的垃圾沒兩樣。

他只要想到父親，仇恨就會立刻覆蓋掉原本文質彬彬的自己。

芬芬很焦慮，但是束手無策，找不到一個好的方式去幫助歐陽。自己還在讀書，歐陽已經進入社會，她眼睜睜地看著從小相識的男友越走越偏，她不喜歡憨支，卻不能阻止歐陽跟他來往，他們開始像工作伙伴成天膩在一起。

到底是怎樣的工作？芬芬怎麼問都沒有答案。

也只能這樣子，讓日子繼續過下去。

她沒有想到，這種勉強能過的日子，會在兩人紀念情人節的約會之後結束。

情人節到處都是情侶，經由芬芬兩個月前開始安排，他們搶到排隊名店的位子，享用了美美的大餐，席間可以感受得出來歐陽的心情非常不錯，甚至提議要不要去KTV續攤。

芬芬當然是好，趁歐陽沒注意的時候，趕快透過朋友的人脈，聯絡到KTV的經理，硬是弄到一間包廂。

半醺的歐陽其實唱不了什麼歌，只是過去看大學同學們約唱，自己表面說忙實則沒錢，就想趁機來開開眼界，順便滿足失去的遺憾。

芬芬要歐陽先進包廂，自己想再安排一些驚喜小禮物。

她卻在路經逃生梯時聽到奇怪的聲響。

她止步，在四面八方都傳來的歌聲中拊耳傾聽，沒過多久就明白發生什麼事。

簡單來說就是有兩個小混混在搭訕學生妹，女方顯然感到困擾沒有半點意願，但小混混們死纏爛打，沒有半點放棄的意思。

如果是平時，芬芬二話不說一定會去解圍，可是，今天是情人節，除了驚喜小禮物，連汽車旅館都預約好了，實在不願再惹出麻煩……

想是這樣想，雙手已經控制不了，豪邁地推開逃生門，沒辦法，芬芬見到這種違法亂紀的事就忍不住，當個守法的好國民是她的行事風格，如果不是分數不足，第一志願是警察大學。

「你們滿嘴黃腔性騷擾，還限制人身自由……是不是欠我報警啊？」

忽然有人跳出來，兩個酒醉的混混搞不清楚狀況，芬芬已經帶著學生妹離開。

接受可愛女孩的不斷道謝，芬芬的心情也變得很好，蹦蹦跳跳地回去包廂，對歐陽展現剛剛自己有多勇敢、日行一善有多成功，一副等著男友好好讚美的俏皮模樣。

歐陽張大嘴巴，輕輕地嘆了口氣，在手機輸入一個字「幫」，送出之後就從沙發站了起來，走到女朋友身邊，打算好好地勸一勸，看她能不能稍微收斂一下過度熱心助人的性格。

歐陽還來不及開口，忽然有人敲門，芬芬認爲是自己準備的驚喜小禮物來了，迫不及待地按下門把打開。

一把刀，由上而下，從門縫之間砍下來。

歐陽一把將芬芬往後拉，一腳頂住門板不讓對方闖進來，可是冷冽的刀鋒已經砍中他的肩膀，頓時血流如注。

附近眾多歡唱的歌聲融合成一種嗡嗡嗡的雜音，強壓住芬芬的尖叫。門外七名惡煞叫囂著不堪入耳的髒話，藉助幾分上湧的醉意，嚷嚷著要替兄弟討回面子，爲了一點小事就想進包廂砍人。

芬芬傻了，覺得太不可思議了，完全沒想過原來社會中某些地方會是這樣子運作。恣意騷擾女性，限制女性自由，做出這麼丟臉的惡事，居然不懂自我檢討，還是非不分地找朋友上門報仇……只是，不解歸不解，她呆站在當場，不知道該做什麼。

雖然包廂外的惡煞就要衝進來、雖然歐陽的血濺得滿地都是，她依舊是不知道該做什麼，手足無措，茫然，慌亂。

「躲到廁所去，快！」歐陽咆哮著。

芬芬下意識地聽從命令，顫抖著將門給鎖緊，恐懼地蹲在馬桶旁邊。自小被養在溫室內，何曾見過如此眞實、暴力、殘酷的場景，不過，她也不是小公主型的千金小姐，不久就回過神來，趕緊用手機求援。

慶幸，憨支來得更快，幾乎在最短的時間持兩把開山刀趕到。

很多時候，所謂的械鬥都是氣勢之戰，當包廂外的憨支身上吃了兩刀仍屹立不搖，血流了滿臉、滿身仍興奮狂笑，惡煞們的酒意旋即清醒大半，知道碰上非常不好惹的人物，勉強靠人數上的優勢維持自信。

歐陽守不住包廂門了，所有人闖進來，小小的包廂內，呈現二對七的勢態，但憨支毫不以爲意，氣勢上沒減弱半分。

惡煞們的髒話沒有停過，彷彿只要嘴巴一停下來，原本累積的勇氣就會潰散。

「記得砍這裡、這裡跟著這裡。」歐陽充分利用所學，給予全方位醫學上的建議，「這些地方都是大動脈，基本上只要輕輕劃開，就可以解決了。」

「幹你娘，有讀過書就是不一樣！」憨支將一把開山刀扔給摯友。

被人當面取笑，惡煞們身爲聚合幫的幫眾面子上掛不住，嗆了幾句狠話。如果七打二還退縮，將來根本就不用混了。

最開始找碴的理由似乎變得不重要，現在唯一重要的，就是砍到對方求饒爲止。

不知道過了多久，時間彷彿在廁所內失去意義。

芬芬等到外頭再也沒有半點聲音，才偷偷摸摸地打開手掌粗的門縫，確認包廂內只剩下三個人。

結束了，包廂裡一團亂，液晶電視被打破、桌子被掀開，四處血跡斑斑，數把西瓜刀、棒球棍散落。

憨支拖著受傷的腳先行離開，歐陽坐倒在牆邊劇烈喘息，惡煞們就只剩下一位躺在血泊當中，失去意識，連動都沒有動。

芬芬連忙從廁所取出整卷衛生紙，撕成好幾團壓住歐陽的傷口，幸好傷口雖多但是不深，目前看起來沒什麼大礙。

幾名警察現在才舉著槍闖進來，立刻高聲喝令全部不許動，後面通知救護人員過來，有一名重傷的傷者需要急救。

包廂恢復寧靜不久再度陷入混亂，歐陽扔掉握在手中的兩把開山刀，一把斷了、一把歪了，刀鋒卡著血肉與脂肪。

一身殺意還未消散，渾身是血的狠厲讓現場的警察高度戒備。他抹掉額頭血與汗混合的髒污，心情卻格外平靜，彷彿周圍的一切都與自己無關，抬起頭凝視著淚流滿面的芬芬，雙眸中是最深最深的溫柔。

「我們分手吧。」他說。

在情人節這天。

□

在情人節這天。

「我們就這樣分手了，都是我害的。」芬芬說。

「喂喂喂……今天情人節，我找不到男朋友就已經夠可悲了，還得聽這麼可悲的故事喔。」翠杉大喝一口暗紅色的血腥瑪麗，想藉酒消愁。

如她所說，這家音樂酒吧中，男男女女成雙成對，暢遊在浪漫的琴曲，交頭接耳、耳鬢廝磨，愛意漸漸推升到高點，鼻尖磨著鼻尖，嘴唇與嘴唇在隨意可以接觸的距離，身體快要化在一塊。

翠杉原本以為芬芬是要約自己到酒吧聯誼，還特地去燙了頭髮，捨去又土又矬的護士服，認真打點過一番，連迷你裙都穿出來了，沒想到芬芬還是一如往常的白T恤加緊身牛仔褲，一副就是要姊妹聚會的模樣。

頓時手腳發麻，心好累……

不過見到芬芬揹負著巨大且永遠不會癒合的傷口，翠杉也只能坐上吧台的高腳椅，向酒保點一杯象徵死亡的血腥瑪麗，聽著好長、好悲傷的愛情故事。

「無論如何，他都不應該把人家砍到這種程度，遠遠超過正當防衛的限制……」

「不，不是他。」

「不是？」

「這是我後來才知道的，因爲憨支身上有太多案子，要是被警察抓住，沒有十年、二十年是出不來的，而歐陽沒有前科，如果態度良好，可能只要三、四年。」

「憨支救了你們一命，所以他才用這種方式報答。」

「或許吧，我永遠搞不懂他的想法。」

「坐牢期間，嚴奶奶住進我們的醫院，欠了一大筆費用，歐陽爲了彌補母親，拚命地賺錢，然後在ATM盜領之後……」之後的事，翠杉一清二楚，不願意再說下去。

「都是我的錯。」每年的情人節與歐陽忌日，芬芬壓抑的椎心愧疚難以控制。

「我聽不出來妳到底錯在哪耶。」

「我是被詛咒的敗家女……」

「不要老是說這種違反科學精神的謬論。」

「歐陽盜領的錢，是我的。」芬芬臉色蒼白，硬是一口飲進半杯威士忌，才浮出一點血色。

「我知道，即便如此……」翠杉雙手抱胸，還想再說卻被打斷。

「我原本要提款去付醫藥費，但我沒用過ＡＴＭ，不知道是操作錯誤還是一次領太多錢……ＡＴＭ當機根本沒反應。」

「嗯，歐陽就接在妳之後使用那台ＡＴＭ，錢就莫名其妙噴出來了。當初知道這件事，我的雞皮疙瘩都竄起了，可是現在想一想，頂多算是無情的巧合。」

「我眞的被詛咒了，妳要小心一點，不要靠我太近。」

「那妳還找我出來喝酒！」

「對不起，因爲我太孤單了啊！」芬芬的酒意上湧，委屈地趴在吧台。

「……」覺得交友不愼的翠杉，輕撫朋友的背，苦笑道：「沒事、沒事，我的八字五兩二重，不怕詛咒。」

「眞的嗎……」芬芬悶聲道。

「當然。」翠杉勸道：「過去的，過去了，過去的人，不會再回來，妳要學會檢視自己還擁有什麼，別對失去的念念不忘。」

「我不可能忘記他，永遠都不可能……」

「妳不忘，又有什麼意義？」

「我要替他報仇。」

「警察一直在偵查吧。」

「警察都能隨隨便便將問題推給ＡＴＭ機器故障跟巧合了，他們根本不在乎歐陽。但我在乎，他是我這輩子最在乎的事。」

「本來就是機器故障，何況你們的生活圈重疊，用到同一台ＡＴＭ也不是不可能的事情啊。」

「妳到底是不是我朋友？」

「妳是不是想情緒勒索？」

「是。」

「……話說回來，你們早就分手了喔。」

「是他片面提出分手，我可沒有答應，他無論如何都是我的男朋友，之後的未婚夫，之後的老公。」

「妳眞的有恐怖情人的潛力。」

「我認識他這麼多年，會不知道他在想什麼嗎？他是不想拖累我，擔心我爲了他跟父親爭吵，擔心我爲了他會被他們家的經濟問題拖累。」芬芬一說到這，悲傷就像是暴雨在體內肆虐，「這些我全不在意，我只在意他離開我……」

「三年多了，妳要學會放下。」翠杉嘆息，翻來覆去也只能這樣說。

「辦不到，我是眞的辦不到……我日日夜夜、每分每秒，想的都是他，就像今天情人節，假設他還活著的話，我們會去哪裡約會？假設到這家酒吧，他會點什麼酒？假設感覺來了，要去哪裡過夜？我的腦子裡產生無數的假設，就是希望重新模擬出他的存在。」

「他還活在妳的體內……」

「對，沒錯，忘記他，就是殺死我自己。」

「妳……」

「傳說中，我們每做出一個不同選擇就會創造出一個不同的宇宙。」芬芬越說越是激動，「如果我們沒有過情人節、我們沒去KTV、我沒雞婆地推開安全門……歐陽是不是還能活著？我眞的願意付出一切代價，前往他還沒死的平行宇宙。」

「……」翠杉沒有談過戀愛，實在難以感同身受，爲難地勸：「別動不動就把一切代價這種詞掛在嘴邊……怪嚇人的，千萬不要忘記妳還有父母、朋友。」

「我已經跟爸媽斷絕關係。」

「少任性了，如果不是妳媽無限制的金援，妳早就去當乞丐。況且這麼多錢挪動，妳爸會不知道嗎？不過是睜一隻眼、閉一隻眼罷了。」

「對……我眞的是個不孝又敗家的女兒……對不起……」

「知道錯了，還不回家磕頭道歉？」

「不可以，萬一我把詛咒帶回家怎麼辦！」

「唉，妳這蠢蛋。」翠杉無計可施，把血腥瑪麗當番茄汁喝。

情人節，兩名單身女子訴說著心中的苦。

酒吧，來來往往的情侶換過一撥又一撥，唯獨芬芬與翠杉依舊坐在原處，喝著依舊相同的酒，老實說，她們都不喜歡酒精，就連酒醉後最愉悅的飄然感都厭惡。

不過，她們需要一個逃避的空間，而酒是門票。

就這麼一直喝到清晨，直到情人節早已成了過去式，酒吧即將關門，芬芬才扶著狼狽的翠杉去搭計程車。

灰濛濛的晨光灑在她們的身軀，陽光帶來的微弱溫暖驅散了幾分醉意，是該從逃避的空間回來了，她們不得不停止放縱，就算頭痛得快要炸開，還是勉力維持形象，沒在路邊嚷嚷、打滾、發酒瘋。

決定載客的計程車司機悄悄鬆口氣。

「那我先走，妳、妳自己小心，我們下次再約。」翠杉上了車，車門未關。

「我想，沒有下次了。」芬芬微微一笑，好澀。

「也好，下次約喝咖啡吧……喝酒好痛苦。」

「這是我們最後一次見面。」

「情緒勒索，剛好就好，不然我要生氣囉。」

「拜託，幫我一個忙吧。」

「妳的腦袋裝什麼啊，都已經三年了，失去雙親、學業、工作……搞到自己幾乎一無所有，妳到底還想怎樣？妳到底還能怎樣？」

「討一個公道。」

「妳是不是電視劇看太多……我拜託妳快點清醒，妳又不是神，連警察都找不到眞凶，妳又有什麼辦法？」翠杉想下車說清楚。

芬芬沒有回答這個問題，只是將她推回去關上車門，讓司機載著她回家，遠望著黃色的小點慢慢趨近於無。

「我已經找到凶手了，而且，我也會找到自己的神。」

一無所有的芬芬沒有任何畏懼。

沒有畏懼，她就能讓正義伸張。

□

「芬芬的詛咒……就是小菜吧？」

迎春想起那位躲在廢棄遊樂園的窮神，不免嘆息神神都有本難念的經，如果不是性格扭曲、個性陰暗，有誰會想擔任這種沒信徒，被厭棄，人人唯恐避之不及的神職？

她瞄一眼身邊的阿爺旋即用力地搖頭，連帶給人們幸福的財神都能當得哀鴻遍野，要是讓他得到窮神神權，豈不是國破家亡、人間煉獄？

「不是。」阿爺回答。

「不是？」

「不是。」

「……」迎春陷入沉思，搞不太懂目前的狀況。

黃昏市場。

人潮一如往常地多，這幾年經過管委會的操作，已經有幾分升級成觀光市集的味道。原本最主要的客源是傍晚下班的上班族、放學的學生、張羅晚餐的菜籃族，主打便宜實惠、選擇眾多。

可是管委會並不侷限於此，知道將有捷運站設在附近，立刻鼓勵攤商轉型，開始引入電視節目、網紅推薦的合作，名聲漸漸累積堆砌，近期甚至有觀光客特地到此逛逛，吃著美味的在地小吃、購買便宜的衣飾藝品，博得相當優異的口碑。

見到成果顯著，政府二話不說就投入更多的資源。願意錦上添花的原因很簡單，方便未來的市長、鄉長、議員、代表剪綵，將其列入自己的政績。

順便給德叔一個面子。

各攤販賺得笑呵呵，樂於繳交更高的租金與清潔費，這麼肥的油水卻從未有角頭勢力入侵，甚至連鬧事的醉漢都沒有，爲什麼？

因爲這裡是德叔的地盤。

摩肩擦踵的人潮中，芬芬戴著鴨舌帽與口罩，站在女性內衣的攤位邊，拿起一件內褲若有所思。

身爲老闆的惠姨在結婚後本打算退休當個全職家庭主婦，但丈夫有忙不完的事業，女兒常常不在家，自己不如出來重操舊業，默默地將所有收入，用德叔與林音的名字捐給弱勢團體。

今天的生意依舊不錯，惠姨同時招呼一對母女和數位中年婦女，沒有注意到最邊緣的芬芬。

芬芬看一眼手中的錶，在口罩內的嘴微啓，用近乎無聲的音量倒數。

「三。」

「二。」

「一。」

惠姨像是呼應這個倒數，踮起腳尖朝人流之後的德叔大喊：「我今天會晚點回家，你不用等我了喔！」

德叔沒有回應，只是舉起手比出個ＯＫ，又繼續跟幾位朋友走去管委會的休息室，準備邀請他們過幾日參加自己金盆洗手的宴會。

「果然這個時候，他都會特地繞過來看看妻子……」芬芬默默地記住這個時間點。

這三年的時間，她幾乎每天都在做這件事，觀察記錄德叔的一舉一動。

芬芬的想法很簡單，德叔這類長期混跡黑社會，與黑白兩道都有勾結的人物，無論多努力想僞裝成熱心公益的地方士紳、市場管理委員會主委，在不經意的情況下一定會露出馬腳。

只要慢慢地蒐集證據然後交給警方，便能將殺害歐陽的惡魔繩之以法。

然而，想法與現實有不小的出入。

最先遇到的問題是沒有記者願意合作，每位記者一聽到德叔的名字，臉色都變得很不自然，經過死纏爛打地追問，才有個老記者願意偷偷解釋，表明記者其實不怕恐嚇、不怕上頭壓力、不怕金錢收買……唯獨怕做白工。

德叔太過聰明、太過狡猾，基本上不可能被拍到什麼犯罪證據，再來他的行事異常低調，就算在黑社會內無人不知、無人不曉，可是對一般的觀眾根本等於路人，認眞報導也沒收視率，還惹得一身腥。

芬芬碰到第一個釘子，但不氣餒，現在自媒體發達，只要一台手機就能解決。

不過，她隨之碰上更大的麻煩，在德叔結婚之後，接觸黑幫人物的機率垂直下降，見的人不是律師就是政客，一副要改邪歸正的樣子，自然查不到什麼證據。

派出槍手，在深山的財神廟，以行刑的方式槍決掉歐陽，如今，沒付出半點代價就想拍拍屁股走人，跟妻女過著幸福快樂的日子，芬芬不能接受……就算全世界都沒人在意歐陽，但只要楊芬芬還在，沉冤必須昭雪。

跟蹤德叔這麼長的時間並不是一點用都沒有，至少她懂了這個人，瞭解德叔的習慣與行為。

就能量身訂做出一個計……

「小姐，沒關係的。」

「什麼？」芬芬的思維被打斷，反射性地抬頭反問，卻發現附近已然沒人，正是德叔之妻在對自己說話。

冷靜。

不能慌。

還戴著鴨舌帽與口罩，沒事，不會被認出來的。

「妳常常來，對吧？」惠姨一語道破。

「……嗯，只、只是看看。」

「哎喲，我跟妳講啦，這個年代，女人大膽表現自己有什麼見不得人？取悅愛人很正常，不用害羞。」

芬芬不懂爲什麼會說到這個，才發現手中緊握著一條設計相當透視簡單的丁字褲，手一抖鬆開，趕緊隨便抓取另一件，想當作什麼事都沒發生。

「小姐，依我的經驗目測……」惠姨銳利的雙眼掃視芬芬的胸口，停頓半秒，緩緩地搖搖頭。

芬芬驚覺剛剛抓起的是大cup的胸罩，手再抖一次，窘迫地不知道該如何是好。

惠姨見過無數奇形怪狀的客人，眼前這種還是第一次，頭戴鴨舌帽跟口罩，宛若超商搶匪，上半身的T恤髒髒的，還有咖啡潑灑的痕跡，下半身的牛仔褲破了幾個非原本設計的孔，那乾瘦沒吃飽的身材，不管用什麼角度看，都能感覺到對方的生活遭遇到困難。

二話不說，惠姨抽出一個黑色塑膠袋攤開，裝進兩套比較適合芬芬身材的貼身衣物，迅速地走過去，塞進她手中，客氣地說：「多謝惠顧，如果覺得好穿，下次再來光顧。」

芬芬掏口袋。

惠姨壓住她的手，意味不必。

芬芬不想欠任何人，更別說是欠德叔的妻子，可是附近人多，再推推拉拉、拉拉扯扯會引起更多人注意……

一旁的阿爺與迎春當然注意到這幕，也好奇芬芬到底會怎麼反應。沒想到一陣人潮擁擠，後面有人撞了上來，導致黑色塑膠袋落地，裡頭的衣物散落，被旁邊的中年婦女踩過，緊接著，某個路人的可樂打翻，恰好倒在上面。

「喂！後面的擠什麼擠啊？」惠姨潑辣地大罵，原本準備再裝一袋……

但是芬芬已經撿起黑色塑膠袋，頭也不回地擠進人流之中離去。

「這個詛咒到底是怎麼回事？」迎春難以理解，就算受小茱的窮神神權支配，也不可影響到如此細節的層面，連這麼一點點意外獲得的財富都要剝奪，芬芬如何能活下去。

「窮神。」阿爺給出眞相。

「我知道是小茱的關係，可是一位窮神怎麼可能會……」

「一位？」

「小茱不是……」

「誰告訴妳窮神只有一位？」

「……什、什麼意思？」迎春的腦袋一時之間轉不過來。

「妳靜下心，自己看吧。」阿爺微微地呶嘴，勾勒出一個不置可否的角度。

迎春猛然抬起頭，環視整個黃昏市場一圈……

利用城隍天生的敏銳，還眞的在這片人海當中，發現或近或遠、若即若離的神祇們……附近至少有六位窮神的灰色光環。

她目瞪口呆，所謂的窮凶惡極之相也不過如此。

「有人……可以在這種情況活下去？」

「可以，只是得習慣……不停、不停地失去。」

「……」

「說起來也眞有趣，要不是她有個渾厚家底的父親，再有個無限溺愛的母親，早就餓死街頭了吧。」阿爺感歎天道平衡的神奇，「生命果然會自己找到出路。」

「哪有什麼出路，她遲早會驚動德叔，步上歐陽的後塵。」迎春嘆一口氣，若有所指地說：「畢竟不在乎錢又爲愛失去理智的女人只有悲慘的結局。」

「哼。」阿爺不屑地從鼻孔出聲。

「連被多名窮神纏身都能堅持，對她而言財富不過是糞土。」

「別傻了。」

「當時芬芬在財神廟就已經說得很清楚，人家根本就不在乎錢。」

「我知道妳在激我。」

「沒有，我不過是在說一個既定事實而已。」迎春刻意加重語氣：「過去前輩說什麼『沒人不愛錢』、『貪婪是鑲在基因裡的本性』、『不貪財就不是人』……諸如此類的屁話，在遇上芬芬後自動破功，成爲比灰塵還不值的東西。」

「恭喜妳。」阿爺回過頭。

「恭喜什麼？」

「妳成功了。」

「我什麼都沒做啊。」

「總之，我就是經不起激。」阿爺無比嚴肅地說，堅定的語氣連黃昏市場的吵雜都蓋不過，「如果財富是糞土的話，我就要她跪在巨大化糞池中懺悔自己的虛僞。」

「是喔。」轉過身去，不發一語的迎春，狡黠地笑了笑。

□

不知情的路人會以爲這是大戶人家嫁女兒。

今日陰雨綿綿，氣氛卻很熱鬧。

遮雨棚封了整條街，蔓延一百公尺以上，最前方是表演的舞台與主桌，最末端是迎賓處，不斷有刺龍刺鳳的兄弟簇擁著各幫、各堂、各角頭的大哥登記入場，一路說說笑笑，談的都是生意與過去的英勇事蹟。

在入席之前，有資格代表一個集團的大哥，會帶著禮物去見主人，客套幾句，說點沒意義的祝福，才由接待人員帶領去安排好的位子。

每個人的座位都經由德叔排定，畢竟江湖就這麼大，或多或少都有過紛爭，今天來是賣德叔一個面子，暫時眼不見爲淨，可是放到同桌的話難免有衝突發生。

這場退休的宴席目的很明確，就是對整個江湖宣布「德叔正式金盆洗手，從今爾後不管世事」，婉轉地說未來有什麼請託、轉介已經無法再幫忙了，過去的紛紛擾擾、恩恩怨怨希望能在此一次講清楚。

當然，德叔這一年來積極運作，利用條件交換、背景靠山，將該欠的、該討的帳幾乎通通結清，就是要保證今天成爲單純的儀式，沒有人敢找上門搗亂，在家人、鄉親、兄弟的祝福下順利退休。

走上這條俗稱的不歸路，能有個平安喜樂的結局，其實讓在場許多大佬暗暗羨慕，而小弟們更是打從心裡敬佩，奢望自己有朝一日也能混到這種程度。

原本德叔是想辦在五星級飯店的，不過惠姨一想到又是個太過正式的場合立刻叫苦連天，德叔想了一想自己也不是商賈或政客，辦得傳統一點會比較盡興。

席開百桌，幾乎全數坐滿，龍蝦刺身、鮑魚切片、燕窩棗湯……一道一道名菜送上來，威士忌、金門高粱、台灣啤酒是一瓶接一瓶地開，喝得賓主盡歡，舞台上火辣的小姐跳著性感的舞蹈，誘得一些年輕小弟血脈賁張。

就算人到不了，禮也會到，接待人員接連唱名，德叔過目禮物之後，會打電話過去致謝，再送到舞台旁的方桌去展示。

德叔是故意的，尤其是育幼院送來一幅由孩子創作的繪畫，他最喜歡，還特地站起高舉秀給所有人看，展示自己的慈善事業有成果。

惠姨很開心、很驕傲，默默地紅了眼眶，坐一旁的林音貼心地替媽媽擦掉淚水，同桌的長輩無不稱讚妻賢子孝，說德叔這輩子的運氣勝過很多人。

宴會還在繼續，又有接待人員送上一份禮物，禮物是個精緻的木箱，不算大也不算重，雙手剛好能夠捧著。

「楊芬芬？」德叔不認識送禮物的人，不過轉念一想，可能是某個朋友的太太，也就沒有太在意。

按照慣例，他放下手中的筷子，站了起來，打開禮物，木箱上面只有一條紅色的綁帶，輕輕鬆鬆就可以拆開。

他的動作忽然放緩，察覺到有一絲不對勁，但沒有阻止他掀開蓋子的雙手。

開啓。

原本密封的臭味四溢。

德叔的瞳孔放大。

同桌的客人紛紛站了起來。

舞台上載歌載舞的小姐趕緊將麥克風關掉，藏在厚重粉底下的臉乍青乍白，急揮手勢要音控師安靜，她由高而下的角度，清楚地看見木箱中……

有一顆血淋淋的豬頭。

血液偏黑半凝固，雙眼睜得好大，像是死不瞑目。

伴樂忽然停止，在場數百人同時看向舞台，好奇心比較重的來賓，還特地放下碗筷站起來看，想知道前排發生什麼事。

「我有叫妳停嗎？」德叔冷冷地說，快控制不住怒意。

小姐立即再打出手勢，控音師馬上播出伴樂，一時之間現場又恢復歡快的氣氛，後排的人還以爲只是單純的設備故障，坐回去繼續把酒言歡。

怕引起更多騷動，德叔沒有動那顆發出臭味的豬頭，小心地從木箱兩側取出兩個相框。

他僅僅瞧了一眼就知道送出如此惡意之禮的人是誰……第一個相框內，是一張黑白色的大頭照，是歐陽的遺照。

再看第二眼，就知道對方的目的爲何……第二個相框內，一樣是黑白色的大頭照，卻是自己的照片，一命抵一命的意思再明顯不過。

坐旁邊的惠姨雙手掩嘴，惶惶不安，毛髮倒豎，心知對方挑釁尋仇的警告意味濃厚，差點驚慌地尖叫出聲。

「不要大驚小怪。」德叔沉聲道。

現場能坐在主桌都是有資歷、有頭有臉的角色，一見到那兩張照片，立即認出是過往的仇家找上門，彼此不著痕跡地交頭接耳，大概知道是跟三年多前ＡＴＭ盜領的事情有關。

歌舞的樂曲逐漸變調，氣氛中的詭異，在慢慢擴散……

當時的新聞鬧得很大，還掀起一波ATM汰換的風潮，警方到最後都沒有抓到活的歐陽，僅是在深山裡的財神廟，發現歐陽的屍體。凶手是專業的殺手，完全沒留下任何線索，等新聞的熱潮退去，便沒有人在意一條年輕的生命是如何逝去。

沒想到，當所有人都快遺忘之際，仇家就這麼找上門來，毫無預警、毫無徵兆。同桌的都是江湖的老油條了，清晰地感受到對方是有備而來，能夠跨過開槍的槍手，直接找到下命令的德叔，必定是做齊了準備，絕非一時衝動挑這種敏感的時機宣布報仇。

德叔是見過大風大浪的人，縱使心中勃然大怒，還是不動聲色地將相框放回去，乾脆當作什麼事都沒發生，慶祝自己金盆洗手的宴會繼續，現場百分之九十九的人都沒有察覺到不對勁。

阿爺與迎春就是另外百分之一的人。

見到芬芬強硬的報仇公告，頓時生出許多疑團，任誰都懂雞蛋碰石頭的後果，一位被驅逐出家門的千金想要光明正大地對上一名混跡黑白兩道數十年的人物，這與自殺根本沒有差別。

「妳覺得給芬芬一把槍、一個機會，她下得了手嗎？」阿爺問，狐疑。

「她這麼溫柔的女人，不可能殺人。」迎春非常篤定。

「那她想做什麼？」

「是啊，到底想做什麼？」

兩人面面相覷。

□

德叔本身就不受拘束，同時也不拘束女兒，甚至做到有求必應的程度。

林音依舊是個品學兼優的好孩子，自動自發完全不用管教，在嚴格的私立中學，獲得老師一致的好評，每一次段考都能維持在三到五名，社團的表現也相當優異，平時的食衣住行都能夠照顧好自己，不用父母煩惱，超齡的成熟。

她可以感受到家裡的氣氛不尋常，尤其是父親，少了平時的從容，脾氣變得易怒，連母親都多次遭受到波及，兩人還為此大吵一架。

林音換好運動服，揹起書包準備出門，卻又意外聽見書房的方向傳來罵聲，好奇心驅使她躡手躡腳地走過去，偷偷地將耳朵靠上房門傾聽。

這次被罵的不是母親，而是可憐的謝律師……

德叔沒有看書的習慣，書房裡面也沒有書，只有堆疊如山的帳冊，這裡是他唯一規定家人不准進入的地方，先不論在工作時討厭被打擾的問題，光是這麼多無法公開的資料，就得做到閒人勿近。

雖然被罵得很慘，但謝律師能站在房內，足以顯示真正的信任。

「第四個木箱了，還找不到？幹，你是吃屎的嗎！」德叔憤怒一捶，檀木桌震動。

一顆死豬頭、四個木箱、八張遺照……這點東西他根本毫不在意，令他怒不可遏的是，準備近一年，好不容易將江湖上招惹的恩怨解清，大開宴席昭告天下，自己浪子回頭準備退休的時刻，在一桌朋友面前慘遭洗臉。

受盡屈辱也罷，這還等於釋放一個消息「仇家上門，德叔想走，並不容易」，把所謂的金盆洗手變成單純的笑話。

「這、這次很怪……」謝律師尷尬地說。

「怪？我就是要找個女人而已，你是有多少藉口？」

「我們知道楊芬芬是永國集團副執行長的千金，按道理說這種名媛的社交圈不大，稍稍打聽就能知道……可是……她既不在什麼時尚名流圈，也不在什麼貴婦姊妹會，居然連大學都沒畢業。」

「然後呢？」

「我們一路打探，一直從大學同學問到國中同學，最少找過四、五十人，才終於有了眉目。」謝律師不敢吊胃口，繼續道：「國中時，她和歐陽短暫交往過，但沒多久歐陽就轉學了。」

「……然後呢？」德叔的耐心在流失。

「國中的小孩交往不過是鬧著玩的，有誰會爲了一個隨便玩玩的男朋友賭命報仇？」謝律師希望藉由一些陰謀來掩飾這段時間的失敗，「我覺得八成是道上有人不滿，利用這個機會鬧事。」

「只要是有頭有臉的人物，哪位沒跟我間接或直接做過生意？這些黑資料我一條一條記得一清二楚，我不犯人，誰敢犯我？」德叔根本不怕，也知道謝律師在推託。

「我們天羅地網找二十幾天，如果不是有其他勢力幫忙，僅是台北、宜蘭兩個地區，怎麼會找不到……」謝律師百思不得其解。

利用德叔之名，在黑白兩道都投入不少資源，幾名收賄的警察查出木箱是從台北或宜蘭的超商寄出，監視器畫面只拍到頭戴鴨舌帽和口罩的女子，其餘的線索都沒找到，另外幾個幫派、角頭派出所有兄弟，在台北、宜蘭的飯店與旅館搜索，依舊是一無所獲。

「一個千金大小姐總不可能到處睡路邊、公園……」德叔沉吟道：「嗯，過去歐陽躲藏的財神廟呢？」

「我特地叫了一個小弟去盯，沒找到。」謝律師苦著一張臉。

「不可能找不到。」

「楊芬芬常常台北、宜蘭兩地跑，我們可以在幾條主要的幹道布點，如果警察能幫忙，效果會更好。」

德叔開始盤算這樣大規模尋找芬芬所要付出的巨大代價。當初歐陽的死，在黑道無人不知、無人不曉是自己派人殺的，就是爲了博得大義滅親的美名，維持經營多年的商譽。

這種與過往講求低調、不親自動手的風格相反，必然衍生出了高風險……畢竟連警方也會耳聞風聲，不過是找不到確切證據，同時不願意再翻出這筆爛帳而已，假如有人再跳出來製造事端，他還能平安退休的機率跟太陽從西邊升起差沒多少。

「這個問題一定要解決，楊芬芬一定要給我找到。」德叔厲聲道。

聽到這，林音不免有些擔心，對她來說，理想中的幸福家庭是一定要有相親相愛的爸爸以及媽媽，缺一不可。

可是她不認識楊芬芬，想幫忙找也沒有任何頭緒，只好讓耳朵遠離了門板，悄悄地退後幾步，拉緊掛在右肩的書包，按原先計畫出門。

她獨自一人搭著公車，看著手機上的時間，估計可能會晚十五分鐘。

即便遲到也沒有人會抱怨，但她還是不喜歡出現在規劃之外的狀況，比方說遲到……原本可以用很輕鬆的步調行走，她現在得加快腳步。

公車停在林口醫院附近的候車亭，林音刷卡下車，用疾走的速度往前，超過一個又一個拄著拐杖或推著輪椅的家屬及病患。

來過很多遍了，她早就規劃出一條最短的路線，可以直接抵達電梯，向上前往病房區。

「妳今天也跑來了啊？」在護理站工作的護士親切地揮手招呼。

「嗯嗯，只是比較晚了一點。」林音有些不好意思，即便沒有人規定時間。

「沒關係，慢慢來。」

「那我先進去。」

林音點頭回禮，抹掉額頭的汗珠，逕自走向病房。

這間單人病房的布置和其他病房不一樣，空間大上許多，甚至能擺進一張木桌，木桌上、窗台上、置物櫃上擺著三只花瓶，花瓶豎著幾枝還算新鮮的百合，淡淡的花香稍稍沖淡專屬於醫院的消毒水味，讓氣氛不再充滿生離死別。

牆壁張貼四張林音創作的水彩畫，個別的主題正好是春夏秋冬，像是將一年三百六十五天濃縮進四張Ａ３尺寸的紙。

林音沒有說話，享受著近乎死寂的寧靜，輕輕地拉開椅子，力道比在圖書館更輕，屁股慢慢坐上去，沒發出任何聲響，打開書包取出英文參考書，默背起明天要考的單字。

她害怕孤獨，但又厭倦吵雜，所以這裡最好。

不知道過了多久，護士推著護理工作車進來，安詳的寧靜才告一個段落。

「今天過得好嗎？」

「很好。」

林音和護士寒暄了幾句。

「有空的話就陪他說說話，會刺激他的大腦反應。」

「我有。」

「像腳妳抬不動沒關係，多動動他的手腕、手指，活化關節，讓肌肉不要萎縮得太快，其他的，比方說按按摩、擦擦臉都很棒，這個呼吸器的面罩不用擔心，如果歪掉就輕輕撥正即可，假設眞的出什麼問題，護理站會馬上收到通知。」

「我懂。」林音拿出筆記錄。

「呵呵，也不用太認眞啦。」護士量著耳溫，褒獎道：「我在這待這麼多年，妳應該是最乖、最可愛、最孝順的家屬，像妳這種年紀的女孩，通常不會想靠近醫院。」

「沒有、沒有，這是我該做的。」

「感覺得出來，你們父女的感情不錯。」

「嗯……」

「他是不是對妳很好？」

面對護士的提問，林音不捨地垂下頭，難受地說：「他就是對我太好了……」

「正常，哪個爸爸會不疼女兒。」

「可是他眞的爲我犧牲太多……爸，謝謝。」

林音握住林父的手，已經重度昏迷的林父聽不見也無法說出不客氣，依舊是半死不活地躺著，雙眼無神地微微開張，嘴巴僅僅剩下反射性的翕動。

不過幸運的是，他朝思暮想的女兒，總算是陪伴在身邊。

□

樂天號漁船。

今日進行第三日的捕撈作業。

整面延伸數百公尺的網已經放置於水深三十至四十公尺處，這是第九次放網，前八次的收穫都很普通，整艘船，一名船老大、六名漁工都在期待這一回能不能來個海底撈月，一波逆襲成功。

樂天號已經三十幾歲了，船身原本的白色烤漆不是毀損成黑色就是覆上青苔的綠色，行駛起來引擎聲震耳欲聾，冒出濃濃黑煙的煙囪宛若老爺爺的菸管，是全身上下唯一能感受到一點生氣的地方。

整艘船並不算大，甲板能夠活動的地方不多，阿爺和迎春就站在操舵室前方，還視著險惡的工作環境。船老大不得不聘請來自越南的漁工是有原因的，因爲台灣的年輕人根本就不可能做這種工作。

海潮的鹹味、引擎發出的油臭味，再加上大量漁獲天然的腥臭與不可避免的腐臭，融合而成的氣味破壞力十足，能夠輕鬆地穿透口罩闖入鼻腔。

這種味道浸泡這艘船三十幾年，早就侵入任何一塊木板的纖維組織，滲入所有器具機械的螺絲釘，無論多費力認眞地清洗都沒有用，要解決這股味道，只有將船拖上岸，裡裡外外澆滿汽油，點一把火將其燒個一乾二淨。

阿爺實在是很慶幸，分居在不同的世界線，否則鼻子堅持不了一分鐘。

本身就很愛乾淨的迎春臉色更是難看。

午餐時間，一名負責伙食的漁工提著一大桶泡麵出來，泡麵可以說是船上最美味的食物，然而最美味的不是麵本身，是之後的添加佐料，湯面能看見數十隻白蝦，半截露出頭的螃蟹三隻，其餘的小章魚、貝類都沉在裡面，算是相當豪華，湯頭滿是海鮮的獨特鮮味。

在工作的漁工放下手邊破網，在住艙午休的漁工也紛紛走到甲板，每個人手持自己的碗筷，打算來吃一頓美美的午餐。

「去叫人家來吃。」船老大發出命令。

一名正在大快朵頤的漁工不太情願地去了，其他的漁工有的站著、有的坐著、有的蹲著，迎著海風，聽著浪濤，吃得津津有味。

過了片刻，芬芬拿著自己的碗筷出來，添了半碗海鮮，船上的漁工都很照顧她，能體諒一個女孩子生活在漁船的辛苦。

「記者小姐，這幾天寫得怎麼樣？」船老大開啓閒聊模式，手中的筷子卻沒停下。

「還好……」芬芬吃了一口章魚，暖暖的熱意流進腹中，精神好上許多。

「妳已經出來跟我們跑這麼多趟，還是寫不出來嗎？」

「我跟一般的記者不一樣，走的是深度報導路線，雜誌社沒有給我太多時間壓力，只要在約定時間交出稿子就行，請將我當成員工，該罵的罵、該給的薪水還是要給喔。」芬芬喝一大口湯，精神更好了。

船老大早在出航前就收到一筆採訪的費用，笑道：「好好好，妳是員工，平時就幫我補補漁網、煮煮宵夜，給妳一份薪水哪有問題，我是巴不得妳永遠留在這裡，不然，乾脆嫁給我的孫子吧，保證妳體驗漁家生活到高興爲止。」

「哈哈，謝謝船老大的厚愛。」

「雖然我把船長室讓給妳住，可是女人終究不太方便吧？」

「不怕，我媽媽都說我像男人。」

「別這樣說，如果我手下的混蛋有人敢對妳不敬，記得說一聲，我直接把他推進海裡餵鯊魚。」船老大環視自己聘請的漁工，恐嚇意味濃厚。

所有人埋頭吃麵不敢吭聲，千里迢迢來到異國謀生，誰敢去招惹記者？

「大家都對我很好，你瞧，我的碗裡連根麵都沒有，全是海鮮。」芬芬倩笑道。

「這樣就好，唉……我老了，船也老了，近年的漁獲量大不如前，妳提供的採訪費，至少能補點油錢，況且還讓更多人知道我們這行的困境，妳眞的是菩薩轉世。」

「萬萬別這樣說。」芬芬心虛地阻止。

她不是雜誌社的記者，從頭到尾都沒有什麼深度報導。

「沒事、沒事，多吃點。」船老大很客氣，即便幾十年來的海風在他的臉刻下一道又一道宛若鹽晶裂痕的皺紋，笑容依然憨厚、樸實，「妳手腳上的傷口才會好得快。」

芬芬愧疚地低頭猛吃，發現碗底浮起一塊如小拇指指甲大的黑點，是一隻燙熟的小蟑螂，她微微一愣，但沒有恐懼地尖叫，只是用筷子挑起，扔進海裡面，見怪不怪的樣子……

迎春見狀，看了一眼阿爺，種種跡象顯示，狀況很不妙。

「前輩，她的計畫到底是什麼？」

「我看不透。」

阿爺沒有故弄玄虛，是真的不明白芬芬的想法。

迎春忽然道：「我想說個故事。」

「妳不要抄襲我，不適合。」

「很久很久以前，有一條小狗被關在四面是牆的院子裡，牆好高好高，隔絕了牠的自由，更不幸的是牠有個很惡質的主人，只要喝酒或心情不好就會踢牠出氣，日子一天一天過去，小狗總是被虐待得滿身是傷，卻沒想到主人變本加厲，在某個深夜拿出準備許久的鐵鎚……」

「……」阿爺沒接話，彷彿沒聽進去半個字。

迎春不在意，繼續說：「小狗心知今夜在劫難逃，驚恐與求生的意念充斥全身，即將到來的死亡讓牠意識恍惚，時間彷彿被按下快轉，等到牠回過神來，赫然發現自己已經在牆外。」

在走投無路的情況下，全心全意地執行一道意念，會產生本質上的改變。

跟芬芬一樣。

「妳爲什麼不直接說狗急跳牆就……好？」阿爺憐憫地問。

「……」

「這句成語，國小就有教了吧？」

「……要、要你管。」迎春的臉頰浮起兩團紅暈，甩過頭去，惱羞成怒道：「這不是重點。」

這的確不是重點，阿爺早就察覺到芬芬表現得太自然又太不自然，太不自然的地方……雙眼所及的一切都是，根本就不正常，爲了躲避德叔鋪天蓋地的勢力，在不想牽扯到親朋好友的情況下，躲在台灣任何一處都有被找到的風險。誰能想得到，芬芬選擇了一個自體移動避難所，一個禮拜有五天不在台灣。

近海漁船。

德叔就算絞盡腦汁也不能想像，一位千金小姐能躲在這種又髒又臭的狹小空間。

而且，表現得如此自然。

無所謂，阿爺不是德叔，說出口的神旨，必然會得到實現，財神之所以會是財神，就是擁有無可比擬的神權，能揭開所有迷障，直接考驗人的本質。

阿爺將過長的領帶緩緩繞自己脖子幾圈，嘴巴叼著尾端，雙手齊握，微笑道：「得罪了財神還想走？」

迎春發現他周身金芒大作，頃刻之間整條船遭受劇烈撞擊。

漁工們人仰馬翻，海浪濺起，如突然下起一陣暴雨，漁工們的午餐整鍋被捲走，連一條麵線都找不到。

船老大穩住身形，確認手下的員工沒事，再進操舵室確認整艘船都沒問題，心中的一塊大石終於放下，大喊道：「剛剛到底是怎麼回事？」

一名臉色蒼白的船工，抬起顫抖的手往船頭一指……

一條兩公尺長的黑鮪魚漂浮在海面，頭部流出的血逐漸朝四周擴散。

現場所有擁有嘴巴的生物，都只能像個傻瓜一樣張開嘴，一句話都說不出來。

「恭喜發財。」阿爺張開雙臂，神愛世人。

□

一口五百塊，一尾兩、三百萬的黑鮪魚爲什麼會游到這邊來？

游到這邊來也就算了，爲什麼會高速游過來撞擊最堅硬的船頭，然後莫名其妙就死了？

不知道，船老大在海上打滾數十年，見過的浪比一般人見過的沙還多，不要說是親眼見證這種怪事了，根本連聽都沒聽過。有關海的怪誕奇談很多，卻也沒有一個比黑鮪魚撞船自盡還要離奇。

海平面恢復正常，微浪拍打著船身。

海風依舊徐徐，附近的海鳥嘎嘎怪叫。

除了主動送上來的黑鮪魚之外，其餘的都與原先相同……

「老闆，該怎麼辦？」沒見過這種大魚的漁工好奇地問。

船老大總算是回過神來，振奮地發出一大串指令，「去拿兩個大拖勾過來，用新的那一組，不要舊的。你，先去操作吊桿，如果這根撐不住，就用拖纜絞機幫忙拉，你們兩個也去幫忙，不要傻在那邊，通通給我動起來！」

此等漁船要將兩百公斤的黑鮪魚吊上來，冰進冷凍艙顯然不切實際，但他轉念一想，假如用拖行的方式，用最快的航速拖回港，即便魚身多少會損毀，扣掉一部分的價格，依然是一筆大錢。

「魚網先棄置，我們先送這尾寶貝回港再回來取。」船老大用實際的行動鼓舞士氣，「這趟忙完，放假五天，薪水照發，還有獎金！」

「喔喔喔喔喔喔喔！」漁工們歡呼。

其中一名水性良好的漁工拖著繩索就往海裡跳，打算先固定黑鮪魚免得漂太遠。

芬芬的神色變換好幾次，說不上是開心，也不能算是不開心，人卻沒有閒著，挽起袖子準備過去幫忙。

「記者小姐，我覺得哦，眞的，我有預感，一定是妳幫我們帶來好運，不然我船開幾十年了，就沒見過這種好事。」船老大感歎。

「你又說笑了。」芬芬的身子輕顫。

「眞的、眞的，這趟回港，我一定要包一個大大的紅包給妳，分享一點好運氣。」

「這個……」芬芬正在想要用什麼理由推辭……

同一時間，跳入海裡的漁工正準備暫時用繩索綁住黑鮪魚，但一道龐大的黑影用迅雷不及掩耳的速度趨近，海變成黑色，腳底一片漆黑，他的全身雞皮疙瘩突起，頭皮整個發麻。

黑鮪魚立即遭到巨力拉扯被拖進海中，力量大到連旁邊的漁船都劇烈晃動，無辜的漁工因下陷水流的吸力滅頂，就這樣消失在眾人惶惶的視線中，沒留下半點痕跡。

整艘船再次陷入沉默，全部的人都看傻了，包括阿爺與迎春。

一直到消失的漁工費盡吃奶的力氣游回水面，所有人才吐出一口濁氣，心中默唸著「阿彌陀佛」、「基督庇佑」、「感謝神明」之類的嗚呼。

「鯊、鯊魚，好大、好大好大好大，被咬走了，一下子就被咬走，好可怕！」心有餘悸的漁工用彆腳的中文恐慌地怪叫。

「是誰！」阿爺放聲狂吼，幾乎響徹整個空間。

彷彿在給予回應，小菜怯生生地從船長室出來，雙眼不敢瞧暴怒的好友。

小菜還是跟定居在內壢樂園的時候一樣，黑色的長髮到腰部，長長的劉海遮住半張臉，周圍繞著一層灰色的光環，像是驅之不盡的塵霾，語氣永遠是那樣地死氣沉沉，比起窮神，她其實更像死神。

「為什麼干涉我？」阿爺一見到是熟識的窮神，實在無法維持怒容，只能無奈地放軟語氣。

「這段時間他們要我、要我負責跟在芬芬身邊。」

阿爺知道小菜口中的「他們」是指其餘和芬芬結緣的窮神，因為這裡的環境太過惡劣才全部推給她。就算是這樣，他依然再問，「為什麼干涉我？」

「芬芬的資產，我得全部剝奪……」小茱很老實地回答。

「所以妳就放鯊魚咬我的黑鮪魚？」

「我沒有刻意去放……是受我的神權影響，自然而然消去芬芬得到資產的機會，我們、我們哪有辦法去控制動物。」

「所以我要問的是，妳為什麼要用自己的神權干涉我？」

「阿爺為什麼要用財神的神權干涉……我們？」

「我是財神，要賜予誰財富都行。」阿爺擺明不講道理了。

「芬芬這個人，財格平如薄紙，本身無上進奮發之心，也沒有獨特的天賦與機緣，是靠著父母源源不絕的供應，才有辦法存活在這個世界，絕不是財神會結緣的對象。」小茱不解地問：「阿爺，你到底怎麼了？」

「我給他們一筆橫財，請注意，我是『給他們』，不是單給芬芬，你們連分紅都不許？」阿爺不滿道：「依你們這種剝奪的方式，尋常人類早就活活餓死了。」

「芬芬領出最後一筆錢就關閉銀行帳戶，斷絕父母金援，導致最近都沒有收入。」小茱一如往常，用淡如水的語氣解釋，「情況變得不一樣了，大家的業績都很危險，才會做到這種程度。」

「你們難道感受不出，這個女人已經有生命危險嗎？」

「……我聽不懂，阿爺，我眞的不懂你的意思，這麼長的光陰過去，你又何曾在意過人的性命？如你不斷說的，人生而貪婪，人爲財死、鳥爲食亡，一切都僅是選擇與因果，不是嗎？」

「我、我是看不慣你們殺雞取卵。」

「不會的，我們不會讓芬芬餓死。」

「總之，在芬芬沒徹底認知到錢的重要性之前，你們先收手。」阿爺維持不懷好意的形象，似笑非笑地說：「等我讓她離開這條破船，她慢慢地理解到擁有財富的樂趣，最終深陷其中無法自拔的時刻，你們要怎麼掠劫她都行。」

「阿爺，好任性。」小菜的眉都擠成一團。

「這就是我的風格。」阿爺手一揮，金芒向四周散出，氣勢輝煌，整艘船像被鍍上一層金箔。

海面不穩地翻騰，船老大與一干漁工還在扼腕難得一見的財富就這樣被鯊魚拖去吃掉，一個一個捶胸頓足、一個一個咒罵鯊魚祖宗十八代……忽然，幾道誇張的身影從水中噴出。

四條黑鮪魚。

黑色又光滑的外皮，反射出宛若童話故事中才會出現的魔法光澤。

牠們有如海豚般輕盈地躍起，可惜等待牠們的不是觀眾的掌聲，而是瞠目結舌的人類。

難道是遇見黑鮪魚魚群？有這種東西嗎？船老大的腦袋濁得像一團漿糊，過去幾十年所累積的海洋知識，在這個剎那全數化為毫無用處的粉末。

不過他仍耳清目明……清楚看見四輛ＢＭＷ從天而降，清晰聽見上千萬的金幣匡噹匡噹地墜落。

藉由這個機會，迎春總算領悟財神神權是如何干涉這個塵世。

先假想每個人都有一種叫作幸運值的數字，數字的大小會影響每個人的際遇，數位偏大但在合理的範圍內，就有可能時常中獎，或投資順利，發一筆橫財……可是一旦數字大得超過合理範圍，就會產生這種四條黑鮪魚登場的不可思議現象。

反之，窮神將幸運值調到負數，就會厄運纏身，做什麼賠什麼，投資常常失敗，銀行戶頭始終存不了錢，如果數字負到超出合理範圍，就如同芬芬，宛若揹負著詛咒，一生無法擁有，總是在失去。

大家不是迎春，還不清楚到底發生了什麼事，波濤再次洶湧，漁船跟著左右搖晃，晃動的視線之中，竟然清楚看見兩條鯊魚的背鰭，高速地朝這邊游過來，二話不說直接撕咬黑鮪魚。

小菜身爲窮神，沒有退讓，畢竟她還肩負著其他同事的業績壓力，絕不能讓財神爲所欲爲。

灰色的霧光讓整個環境光彩變調，彷彿起了一陣厚重的海霧，什麼都看不清楚，小菜全力運轉窮神神權，象徵窮神的貧末蒼光變得無邊無際，似乎看不到盡頭。

黑鮪魚的數量雖多，但不是凶猛鯊魚的對手，船老大很焦急卻無能爲力，面對這樣的海洋巨獸，祈禱船不要被撞翻是人類唯一能做的事。

阿爺怒極反笑，聽不進小菜的解釋，過長的領帶無風自動，代表財神的祥瑞金光突破層層陰霾直沖雲霄，迎春與小菜同時遮住雙眼，亮得如刀如劍的金色光華太過刺目，這是財神神權催發到最高點所產生的負面效果。

等到光華散去，整片海恢復平靜。

四條黑鮪魚不幸身亡，可是鯊魚的胃口不大，僅僅拖走了其中兩條。

所有人都產生一種海被染成紅色的錯覺……

黑鮪魚的屍體上有幾處可怕的齒痕，正汩汩冒出血液。

沉默還在延續……

人人都在沉默之中，感受著大自然的奧妙，腦袋裡一片空白，見證奇蹟的餘韻在身軀蔓延開來。

直到船老大大吼道：「快點！這兩尾都帶走！」

眾人才從不可思議的夢中清醒。

惡夢成了美夢。

□

「前輩，你到底在做什麼？」迎春不解地問：「挑釁窮神，和窮神作對，天庭不會有意見嗎？」

「那些老賊們如果有意見，自然會找我。」阿爺毫不在意。

「你爲什麼會……這麼衝動？」迎春刻意選一個比較恰當的措辭，心中難掩複雜的情緒。經過林音弒父的悲劇，總算是更理解這位以脾氣古怪聞名的財神，以及其獨特的行事風格。

這種時候，讓阿爺干涉，總比讓他冷眼旁觀好……於是，這一次為了防止芬芬去找德叔報仇，迎春刻意使用連五歲小孩都能看穿的激將法，就是要讓阿爺插手，沒想到會引起這麼大的風波。

「我哪有衝動，一切都在我的掌握之中。」阿爺臭屁地昂首傲笑。

沒心情吐槽的迎春繼續追問：「你這樣做又有什麼意義？」

「妳有沒有聽過一句話叫作飽暖思淫慾？」

「……」

「不要動不動就把劍抽出來！冷靜，聽我解釋。」

「你有五秒鐘為自己言語性騷擾的罪孽解釋。」

「簡單來說只要能過上好生活，誰會選擇報仇呢？說穿了芬芬跟歐陽不過是情人關係，現代人換伴侶跟換衣服一樣簡單，又沒有殉葬的制度何必這麼死心塌地我們都知道人性本貪所以只要擺平窮神的影響讓芬芬飽暖思淫慾她自然會找到新的男人根本沒空報仇啦。」阿爺在五秒鐘內一口氣說完，有點喘。

「有效果嗎……」迎春收回城隍專屬的執法器。

「當然有效，這世界就沒有不貪的人，況且，在漁船這種破地方待這麼多天，我就不信有人能抵抗溫泉的吸引力。」

「你一個財神，有辦法對抗八位窮神嗎？」

「呵……」阿爺只是笑了一聲。

當破舊的樂天號吃力地拖著兩條黑鮪魚入港，整個漁港都轟動了。船老大的朋友吆喝更多人來幫忙，大家都不要薪水，單純是來湊湊熱鬧，親眼見證百年難得一見的奇蹟。

過沒多久附近幾位海鮮餐廳的老闆聞風而至，打算在事情尚未鬧大之前，先把價格談下來，免得時間越晚，競爭者越多，價格飆得水漲船高。

可惜，地方記者一聽到消息就過來採訪，船老大在麥克風前將黑鮪魚大戰鯊魚的戰役說得活靈活現，已經用到「驚天地、泣鬼神」這種形容詞，比布袋戲的旁白更引人入勝。

之後，記者為了平衡報導，還特地跑去找海洋生物的專家求證，專家嗤之以鼻，立刻挑出五處錯誤與七處不合邏輯的破綻，暗指船老大恐怕酒喝太多，妄想出這樣可笑的故事。

專家的批評並沒有影響力，雖然船老大的黑鮪魚身上傷口太多，導致賣相不佳直接影響到價格，但他有兩條，還是拍出一筆驚人的數字，一夕之間，湧進鉅額的財富。

船老大是個說到做到的男人，手下的漁工們放有薪假，發送等於兩個月薪水的激勵獎金，再額外加碼，贈送高級溫泉旅館的住宿券，讓大家好好地放鬆五天，再回來努力工作。

漁工們紛紛回到船上打包隨身物品，準備離船放假，船老大沒有忘記芬芬與當初的承諾，該放的假、該給的獎金、該送的住宿券，一樣都沒有缺。

芬芬忍著激動的情緒收下，另外提出一個要求。

「我想要留下來顧船，可以嗎？」

「顧船？妳想待在船上？」

「對，我在船上過得挺好。」芬芬的笑容輕鬆到有一點假。

「妳真的是記……算了，這不重要。」船老大當然知道自己的船是怎樣的環境，連吃苦耐勞的大男人都恨不得逃離，一個好好的女孩子又怎麼會希望住在船上。即便感到疑惑，他卻沒有追問，點頭道：「那這艘船，就交給妳了……有什麼問題馬上打電話給我。」

「好。」芬芬目送船老大上岸，雙手緊緊握住裝著錢的信封袋。

她很肯定手中的錢，是這輩子第一筆收入，靠的是自己的勞力，而不是對父母撒嬌或看父母臉色……當然自己不是正式的員工，連這個工作機會都是買來的，可是喜悅的程度絲毫沒有降低，一丁點都沒有。

當船老大說「一定是妳帶來好運」之時，她的腦袋幾乎是一片空白，被詛咒的人生，本來就不曾跟好運兩個字扯上邊，參加過無數抽獎、對過無數發票，從來沒有中獎過，被父親罵敗家女，罵到已經習慣，罵到連自己都接受這個事實。

船老大的獎金其實不是什麼大錢，卻證明了自己不是個被詛咒的人。

芬芬站在甲板上，目視月光在海中的倒映，久久不能自已……

漁工們陸陸續續拿好私人物品準備下船，有的輕拍她的肩、有的用怪異腔調的英文道謝，感謝她帶來好運，光是這幾個不經意的動作就讓芬芬原本順利忍住的淚水快要從眼角滑落。

「欸，阿武，等等。」芬芬喊住一位要下船的漁工。

名為阿武的越南青年一愣，中文並不好的他，聽不太懂芬芬的意思，不過依然停下腳步，利用比手畫腳溝通。

「這個給你。」芬芬將溫泉旅館的住宿券塞進他手中，「聽說你交女朋友了，你約她一起去吧。」

阿武完全聽不懂，可是手中多一張券，他立刻想到在造紙廠工作的女友，眉開眼笑地一直道謝，更急著下船去找女友報告這個好消息，跨出去的每一步都充滿喜悅。

芬芬見他用輕快的步伐，快樂地跳上碼頭，忽然領悟到幸福有的時候就是這麼容易，往往是人把幸福想得太複雜。

她回到船長室……說是船長室，也不過有張比棺材大一些的床，跟一個置物櫃。脫掉衣物，她替手臂與大腿兩道近乎痊癒的傷口清洗換藥，重新包紮繃帶，並且拿出巴掌大的儀器偵測，確認沒有出現問題。芬芬換穿了件乾淨的T恤、牛仔褲，戴上鴨舌帽跟口罩，揹起背包打算暫時上岸一趟。

碼頭外，有一條商店街，主要是供給周圍的漁夫世家、水產市集、漁業公司，相關的員工或者是家庭，偶爾會有一些觀光客，來來往往的人數不多，倒是一些越南、印尼商店的生意不錯。

她走進超市，補充生活必需品跟食物，並把背包裡的木箱交給櫃檯寄出。

原本已經打算離開了，但是眼角餘光瞄到一個透明的塑膠櫃，上頭用嚴肅的字體印著「順手捐發票，救救植物人」。

這觸動她心靈某一塊不願面對的地方。

芬芬把剛剛拿到的發票投進去。

再把剛剛拿到手的獎金投進去。

得到了一點點解脫。

□

「她居然把兩百萬捐掉？」阿爺不敢相信。

碼頭。

「這只是發票。」迎春強調。

「我是財神，我說發票會中兩百萬就是會中。」

「她又不知道。」

「這根本不是知不知道的問題。」阿爺頻頻搖頭，痛心疾首地說：「是她一點企圖心都沒有，懂嗎？企圖心。如果是個正常人，會想辦法讓自己過得更好，哪怕是微乎其微的希望，也會試著去把握。」

「你就不能乾脆承認失敗嗎？」迎春翻著白眼。

「難怪她的財格淺如平面，引來一狗票的窮神跟隨，正所謂自作孽不可活，連送到手中的富貴都不珍惜，活該過這種又臭又髒的生活，我眞的是沒見過這種人，馬的，氣死我了。」阿爺兀自嘮嘮叨叨。

「等等，先容我整理一下目前的狀況。」迎春沒給他囉嗦的機會，打斷道：「前輩之前故作高深的偉大計畫就是……利用財神神權對抗窮神，讓芬芬得到好運，結束漁船的打工生活，一點一滴消除她的自卑、消除她的不幸與詛咒，過著幸福的生活，自然就不會找德叔報仇。」

「沒錯，能泡在溫泉享受，誰願在海面沉浮？我告訴妳，這招屢試不爽，擔任財神的長久光陰裡我實在是看得太多了啦，山盟海誓不如榮華富貴，愛情永遠比不上麵包，什麼爲愛尋死覓活、什麼沒有你我活不下去，在錢的面前全部不堪一擊。」

「先暫緩你的歪理……」

阿爺像是忍無可忍，一股腦倒出更多心裡話，「所有的傷痛都能用錢撫平，如果出現例外，就用更多的錢，這是世間不變的眞理，否則爲什麼要有保險理賠、爲什麼要有撫卹金？因爲錢能癒合傷痛，懂嗎？譬如說，開車撞死人，ＯＫ，準備一筆錢，騷擾無辜少女，ＯＫ，準備一筆錢，就能夠搞定了，畢竟這個社會就是這樣運作，也只能這樣運作，不然該怎麼辦？難不成開車撞回去，或讓變態嘗嘗被騷擾的滋味？」

「塵世還是有刑責的。」迎春插嘴。

「妳說關在牢裡是吧，那請問一下這對被害者又有何幫助？即便關一千年、一萬年又有什麼意義？還不如給一筆錢，讓被害者揮別過去，能過上更好的日子，這才是實質幫助，貨眞價實。」

「好，我說不過你的歪理，可是現在發生了一種狀況，基於你的歪理所設計的計畫，已經徹徹底底地失敗了，不是嗎？」

「……」阿爺欲言又止，此時任何辯解都顯得蒼白。

「顯然對芬芬無效啊。」迎春做出結論。

「……是啊，爲什麼會無效？」阿爺像是泄了氣的皮球，沒有剛剛的咄咄逼人。

「喂，你該不會……」迎春察覺到不對。

「我不知道。」

「不知道？你現在跟我說不知道！」

迎春也沒了難得在嘴巴占據上風的優越感，終於驚覺事情的嚴重性。一直以來，她雖然討厭阿爺囂張自大愛吹牛的毛病，但不得不暗自佩服他看得透澈，幾乎到料事如神的程度。

該脣槍舌戰的時候當然要把握時機反脣相譏，免得阿爺太過得意，可是心中卻產生一種很矛盾的依賴，不知不覺就認定，他作惡會成功，那行善一定也會順利。

迎春始終認為是非門逼自己跟在阿爺身邊一百年，表面上是學習、是懲罰，實際上卻是要兩人互補，走上一條更中庸的路。

她感受得到，阿爺在親眼見到林音弒父之後，即便刻意裝作沒事，也已經慢慢地產生轉變，她沒辦法清楚地用條列式寫出轉變了哪些項目，只能模糊地說「他好像有了同理心，過去無情的原則在動搖」。

是的，當看到阿爺開始想方設法在鑽自己原則的漏洞時，迎春覺得自己這幾年身心靈遭受的折磨都有了意義。

他沒辦法救下林父，但一定能救回芬芬，為這一大串變異扭曲的因果善後。

迎春原本是如此堅信著，直到瞧見阿爺此刻的慘澹笑容。

「我們不可能直接跳入塵世，用肉身阻止芬芬的復仇。」阿爺沒說錯，拿捏干涉塵世的程度，是每位神祇都苦惱的問題。

「爲什麼不行？你過去不就做過？」

「妳是指我撞了歐陽，讓憨支注意到錢的事吧？」

「沒錯，你不是還炫耀自己跨入塵世的技巧有多高超，讓他們都以爲是幻覺嗎？」

「先不論這種輕微的干涉根本不可能阻止芬芬報仇，退一步說，就算能，我也不想再做出會讓自己懊惱一、兩百年的蠢行。」

「好矛盾，既然是輕微的干涉又何必懊悔？」

「雖然經過是非門的判決，有很高的機率就算我不干涉，憨支也會發現歐陽身負鉅款……」

「那就好啊。」

「但我不斷思索，發現一件弔詭的事，也許眞正受到影響的不是憨支，而是我。」

「你？」

「嗯，我受到的影響是，這一百年都得帶著一個喋喋不休的笨蛋。」

「……我，就這麼讓你討厭嗎？」

「並不是討厭。」

「那又是什麼？」

「顯然，我一直在被妳感染。」阿爺不得不坦白。

「不好嗎？」迎春低聲問。

「永遠不會有答案的。」阿爺是眞的不知道。

迎春心底並不滿意這個答案，卻心煩意亂不懂自己想要怎樣的答案，乾脆甩甩頭，讓這煩惱暫時遠去，拉回正題，道：「……那我們該怎麼辦？難道又一次眼睜睜地看著悲劇發生？」

「我們先確定芬芬到底想做什麼吧。」阿爺目前只能做出這種決定。

「除了血債血償，還能是什麼？」迎春幽幽地說。

□

在假期結束前夜，芬芬搬出全身的家當，沒有與任何人道別，逕自離開漁船、離開漁港，正式結束記者和漁工的身分，重新坦蕩蕩地當回楊芬芬、當回歐陽的摯愛。

計畫啟動了。

同一時間，德叔的別墅。

他收到第九個木箱，雙眼內布滿血絲，心情極度惡劣。

謝律師坐立難安，下定決心要找個機會直接逃出國避避風頭。

不管是多少木箱、不管是多少遺照都不能讓德叔感到煩躁、怨怒、憤恨，唯一讓他產生這些負面情緒的原因，是「不能掌控」。

有什麼理由能在動用所有人脈，只差將整條雪山隧道封死的狀況下，找不到一個和家庭斷絕關係的千金小姐？德叔實在不明白，人總要吃喝拉撒睡，就算拉泡屎也會留下線索，怎麼可能找不到一個女人？台灣不過屁點大，怎麼可能找不到半點痕跡？

更有可能的原因是有人拿錢不辦事，或者是沒盡力辦事……德叔目露凶光。

謝律師打了個寒顫。

德叔不發一語地將木箱打開，這是慣例，就算裡面是千篇一律的遺照，依舊耐著性子打開觀視，說不定裡面會有新線索。

沒有半點期待木箱會出現不同東西，謝律師全心全意在思考要怎麼從這灘渾水抽身，衡量移民到日本、韓國的條件。無論移民會不會遇到水土不服或歧視的問題，總比現在伴君如伴虎好上許多。

「叫所有人……回來。」德叔的語氣瞬間降至冰點。

謝律師沒聽清楚，茫然地問：「誰？」

「全部！把所有人都他馬的給我叫回來！」德叔暴怒，將木箱砸爛。

謝律師如驚弓之鳥從椅子上狼狽地摔落，坐倒在地板，不知所措地瞧見崩散的木箱內這回竟然沒有遺照了……

只有一塊無名的神主牌，上頭刻著「歐陽忌日，血債血償」這八個悲壯的小字。

謝律師根本不用上網查尋新聞，光憑記憶就知道歐陽忌日在明天。

□

血債血償這四個字，要雕出來很簡單，要執行很困難，比登天還難。

尤其是要殺掉德叔，一命抵一命。

謝律師認為芬芬百分之百是失心瘋了，以別墅周邊的範圍來說，從圍牆開始，每十步有一個人站崗，花園與庭院的區域有七支巡邏隊隨機移動，再往內到建築物本體包含車庫，至少有三十人守護，此刻的大廳就有五名保鏢持槍護衛德叔。

就算警察傾一局之力要攻進這棟別墅都是不可能的，況且是一名手無縛雞之力的千金小姐。

歐陽的忌日，就是二十四小時的時間，目前晚上八點多，不要說是人了，連一隻野貓都跑不進來。

謝律師忽然有個想法，想必德叔也有想到這點，芬芬說今天要上門報仇，但說個謊並不是不行，也不用付出半點代價，另外一邊，大幅度的人數調動，道上的兄弟就算賣德叔一個面子仗義相助，肚子還是會餓、身體會累。

一天、兩天或許沒事，那五天、十天？一週、一個月呢？謝律師逐漸明白了，敵暗我明，打持久戰十分不利，而且德叔還不能輕易棄守。

這裡是德叔的家，女兒、太太都住在這，這裡也是他的基業，許多見不得人的資料或資產都藏在這，根本不可能有半點僥倖的心態，去賭芬芬後悔，或是芬芬僅有單身一人，是個徹頭徹尾的神經病。

演變成持久戰，會變得很麻煩，道上兄弟需要酬勞，不是隨便一罐礦泉水加一碗魯肉飯可以打發，要養一支半武裝的戰力，德叔得付出一些代價。

遑論一家子的生活品質皆遭受到嚴重影響，為了安全起見，惠姨與林音都被強制要求待在各自的房間，她們兩人是德叔的軟肋，就算暫時失去自由，也是必要之惡。

惠姨相當不安，在結婚前早就無數次勸過丈夫要多做善事，遠離黑社會，不要再招惹敵人，沒想到安穩的日子只持續短短幾年，仇家就這樣堂而皇之找上門來了……德叔沒有透露太多消息，但她光憑這樣的陣仗，就知道恐怕難以善了。

在大廳，德叔依然有閒情逸致地擺出茶具，鐵觀音的清淡茶香沖淡不少緊張的氣氛，他特地添了一杯給整張臉皺得像得便祕的謝律師，大家都是聰明人，考慮的都是同一件事，時間再拖下去會很不利。

一次找了這麼多人助陣，著實是嚴重的失誤，德叔冷靜後檢討起自己。

犯錯的原因可能是惱羞成怒、可能是自己的家不容挑戰，才衝動做出這樣的指示，但……原因已經不重要了，該怎麼處理目前的狀況比較要緊。

女兒要去上學、要去醫院照顧半死不活的植物人，太太有工作、有交友圈，長時間避不見面傳出去對名聲有影響，德叔曾承諾要給她們最好的生活，現在卻分別被關在房間內動彈不得，顯然與承諾相差甚遠……

「你說，該怎麼辦？」

他突然開口，身旁護衛識相地退出大廳。

圓形的紫檀木桌只剩謝律師。

「至少讓五分之四的人回去……」

「一次少這麼多人，萬一正如你所說，芬芬背後有其他勢力呢？」

「這裡人手一把步槍，論火力絕對足夠，如果再不斷堆人，外面會認為、認為……我們怕了。」

「……」

「我們對付一個女人，展開這樣的陣仗，傳出去……」謝律師欲言又止。

「這麼長的時間都找不到她，代表她不是簡單人物。」德叔收起輕視。

「其實……我一直想不透，她想怎麼報仇？」謝律師努力擠出一點笑意，玩笑道：「又不是在拍電影，她總不可能忽然跳進來，砰砰砰砰砰，給我們一人一槍，然後帥氣地走人。」

「……」德叔不愛這個玩笑，可是明白意思。

這些年，會讓一名失業的年輕律師跟在身邊委以重任，已經算是十足十的信任，就算大部分的時間都沒給他好臉色看，德叔卻早將他當成唯一的心腹，未來可以繼承自己衣缽，也可以培養成政治人物，讓自己繼續在地方上呼風喚雨。

當然謝律師根本沒奢望過這些，依舊戰戰兢兢地分析，「如果楊芬芬不是要我們的命，木箱、遺照、神主牌全是障眼法呢？或許，她真正的目標沒那麼簡單。」

「嗯，繼續說……」德叔握著空茶杯，卻想到了林父。

林父不過是一介癆病鬼，沒錢、沒勢、沒體力，根本就不可能弄到這麼完整的資料，以及堅信自己能打贏官司的信心……背後勢必有高人指點。

德叔在旅舍翻過林父的行李箱，大略看過全數文件，當初最讓人詫異的是，裡頭有一份報告詳細記載自己的過去，甚至標示出自己可能插手過的案件。當然自己的生平不是什麼機密，檔案也沒收錄到什麼肯定自己涉入的證據。

但，能這樣鉅細靡遺整理出來，沒花心血絕對做不到。

這背後的人，如果是楊芬芬……德叔恍然大悟，重重地敲擊桌面，懊惱過去太掉以輕心，除掉歐陽之後，見嚴家兄弟爭產敗亡，就沒把可能遭受的報復放在心上，忽略掉家裡有錢有勢還痴心一片的楊芬芬。

「她從頭到尾都不是要我的命……」

「你想到什麼？」謝律師很好奇。

「她是要我家破人亡。」德叔恨聲道。

「……」謝律師不懂。

「黑資料，她要的是這個。」

「怎麼可能，這東西……連我都不知道在哪啊。」

「我交代過，如果我出事，自然會有知道位置的人找你，再配合你手中的密碼，就能公開黑資料。」德叔耐著性子再交代一次。

「放心，我記得，不過……對你不利的證據早就剔除了，黑資料內都是……喔……我、我懂了。」謝律師的頭皮發麻，理解到只要黑資料外流，就等於同時跟黑白兩道為敵，家破人亡並非誇飾。

「不知道是哪個混帳透露的訊息。」

「道上誰不知道黑資料的震懾力，她的確有可能調查到。」

「哼……這女人有備而來。」

「要不要先毀掉……」

「毀個屁，那可是我的保命符。」

「總是要有防護措施，萬一……萬一有個萬一。」

「只留五人，其餘全部撤走。」德叔站起身來，茶不喝了。

「什、什麼？」聽說要撤到只剩五人，謝律師大驚失色。

「我就怕她不來，呵呵呵。」

□

歐陽的忌日剛過，德叔就撤掉大部分的人，將太過突兀的重武器全部都收起來，僅剩的五名手下改持手槍，平時都插在後腰，外觀上看來並不明顯，給人一種單純兄弟聚會的錯覺。

德叔沒有閒著，用最快的速度託朋友在別墅四周加裝監視器，讓自己能夠在屋內監控屋外的一切。

無論芬芬是獨自一人或是帶著幫手入侵，他都能在寢室第一時間知道。惠姨對於主臥室的牆被釘上十幾面螢幕頗有微辭，但德叔在一意孤行的情況下，根本聽不進去任何意見。

裝一大堆監視器有個好處，惠姨百般無聊地扶著額頭，慶幸能第一時間掌握到外頭的天氣情況，判斷要不要將晒在屋頂的衣物收起來……

透過高解析度的鏡頭觀察著，在天黑之前，天空好清澈，雲朵一團一團地飄浮，慢慢朝同一個方向移動，彷彿一隻又一隻綿羊在跳動，漸漸地，雙眼失去焦距，沉重的睡意壓著她的眼皮，沒想到這些雲還有數羊的效果，不知不覺，惠姨已經睡去。

等到她醒來，人躺在床上，外頭的天色黑了。

「啊……我不小心睡著，等等，我馬上去弄晚餐。」惠姨對坐在螢幕前的德叔說。

「不用，晚餐我叫人買回來了，妳去吃吧。」德叔的雙眼仍緊盯著螢幕，桌邊有無線電可以隨時跟手下聯絡。

「外面買的，哪有我自己煮的健康、乾淨？」

「沒關係，非常時期。」

「整個房間被你弄得像、像什麼戰爭指揮中心，眞不像樣欸。」

「我預測，過幾天就會拆了。」

「唉……女兒呢？吃飽了沒？」

「叫人送去她的房間了。」

「不准你那些不三不四的小弟靠近音音，他們一個一個長得凶神惡煞，萬一嚇到女兒怎麼辦？」惠姨一提到林音，滿臉的溺愛跟疼惜。

「是謝律師送去的。」德叔不在意太太的不敬，仍直視螢幕，右手無意識地旋轉左手上的金戒。

「音音很乖、很孝順、很認眞讀書，未來會走上正途，不是當醫生，就是當律師，我們不要耽誤她，不能扯她後腿。」

「廢話，我女兒一定是最好的，誰他馬敢扯她後腿？」

「現在啊，不就是你嗎？」惠姨不甘示弱，振振有詞地指責，「有哪個爸爸會不讓女兒去上學？」

「我說了，這是非常時期。」德叔的氣勢一頓。

「我不管什麼時期不時期，早點跟那些混混、流氓撇清關係，刀啊、槍啊，和這些奇奇怪怪的螢幕我都不想再見到。」惠姨繼續抱怨，「眞奇怪，這些螢幕你不會搬到樓下叫小弟看喔，都幾歲的人了，眼睛還要不要？」

「如果太張揚，魚就不會上鉤了……」

德叔的脾氣很糟，但對家人除外，況且家人說得很有道理，昭告天下自己金盆洗手的宴席都吃完不知道多久，竟然還深陷這樣的泥濘當中，完全是自己拖累整個家庭，是一種無能的象徵。

他怒火中燒，但燒的不是惠姨，而是該死的歐陽，和歐陽該死的女朋友……

惠姨沒打算這樣停止，乾脆豁出去將這些日子心裡累積的擔憂一股腦全倒出來，滔滔不絕地說著、大半重複地說著，連晚餐都沒有吃，說到最後眼眶泛紅，不小心哭了出來。

德叔只是盯著螢幕，沒有駁斥，耐著性子，承受全數的牢騷。

主臥室之外，林音的房門悄然無息地開啓了……

芬芬走出來，黑色的運動外套，黑色的鴨舌帽，深色的緊身牛仔褲。

如同一道鬼影。

她可以清晰地聽見兩股音源，一股是來自主臥室，惠姨的泣訴與抱怨沒完沒了，宛如老奶奶的裹腳布又臭又長，另一股是來自一樓大廳，數名男子國台語混雜地粗魯交談，話題總離不開吃喝嫖賭。

她站定不動，彷彿整個人融入建築物，確認兩股音源都沒有移動或停止的跡象，才邁出裸足，讓腳底板吸收掉步行可能產出的腳步聲，緩緩地走下樓梯，繼續將身影藏匿在夜色當中。

歐陽的復仇者來了。

□

是這裡。

芬芬強烈的直覺告訴她，絕對是這裡沒錯。

這棟由黑心錢一磚一瓦蓋成的別墅，一共有一、二、三樓，大得像是金碧輝煌的迷宮，二樓是德叔家人的寢室與客房，一樓則是大廳及娛樂取向的設施……當然還有一間書房。

書房內，有三面塡滿牆的書櫃，書櫃更是塡滿精裝本的書，書是嶄新的，沒有一絲被翻過的痕跡，擺明就是單純的裝飾品，空氣中滿滿是欲蓋彌彰的味道……

德叔縱橫江湖數十年，靠的是心狠手辣，絕對不是文謅謅的詩集與史書，那他爲什麼要特別裝潢一間書房，只是要沽名釣譽嗎？不是，是爲了僞裝出暴發戶洗名聲的樣子，來藏見不得人的東西。

經過芬芬的情蒐，諸多跡象都顯示德叔擁有一套黑資料，記下這麼多年來黑白兩道委託他仲介或交易的紀錄，這無法攤在陽光之下，成為沒人敢動他的終極武器，維持一個恐怖的平衡。

依照芬芬委託專家所做出關於德叔的人物側寫，德叔極其自大，本質上不會相信任何人，如果真的有終極武器的話，百分之百會放在身邊，有很高的機率就在這棟別墅內。

更高的機率就在這間書房內。

她慢慢地蹲下，卸下背包，一格一格地拉開拉鍊，以求不發出半點聲響，從裡頭取出一台迷你的筆記型電腦，開機，先放到一旁，再拿出一根宛若文鎮造型的掃描器，利用ＵＳＢ線連結到筆電。

筆電開機完成，確認４Ｇ網路通暢，目前萬事具備只欠東風。

如果黑資料是電子檔，那最容易，直接複製一份即可；如果是紙本，就需要一張一張掃描上傳到雲端去，風險自然是提高許多。

無論多少風險都不能阻止芬芬，在決定替歐陽復仇之後，就沒有再考慮過風險這種微不足道的小事。

在黑暗中，透過手電筒的光，開始調查書櫃，研究是否有機關或是暗櫃……

在另一方重疊的世界中，阿爺與迎春亦在書房內，一個面無表情、一個心急如焚。

「太奇怪了，太多太奇怪的地方了……」迎春好混亂，完全摸不透人類這種生物。

「對，太多地方不合邏輯。」阿爺搖頭。

「拜託，不要在這種時候認同我。」

「我們來玩角色扮演的遊戲。」

「……現在？」

「妳扮演楊芬芬，我問，妳答。」

「現在不是玩遊……」迎春正想捶他幾拳解氣。

阿爺沒半分過去刻意討打的嬉皮笑臉，只是淡淡地說：「妳答，就對了。」

迎春被他那種獨特的眼神震懾，默默地收回高舉的拳頭，望了不遠處的芬芬一眼，極其認眞地點點頭。

「如果要將黑資料外洩，讓德叔成爲黑道公敵，爲什麼要寄木箱警告，降低行竊的成功率？」阿爺提出第一個問題。

迎春嘗試用芬芬的角度出發，縱使不清楚如此反常的原因，仍試圖擠出比較有可能的答案，「我就是要激怒德叔，德叔才會做出錯誤的決定。」

「嗯……這有可能是原因之一，可是……」

「可是什麼？」

「刻意挑在宣布退休的宴會送第一個木箱，的確像故意要當眾羞辱、觸怒德叔。」

「沒錯。」

「可是羞辱、觸怒一個黑道大佬，對報仇計畫有什麼好處？難道就賭德叔惱羞成怒自行犯錯？這太虛無飄渺了吧。」

「好像……沒任何好處。」

「所以她的目標可能不是黑資料。」

「可以先這樣假設。」

「第三個問題，明明知道這棟別墅會有重重保護，即便成功潛入，再如有神助般找到黑資料，又該如何從這樣的險境脫逃？」

「很難，別墅四周現在全是監視器，一點風吹草動都會被發現，她進來的方式，很難再複製一次。」

「所以……她根本沒打算逃出去。」阿爺的臉色變得很難看。

「這……」迎春感覺整顆心都糾成一團。

「她不要黑資料，也不想逃，那豈不是代表……」阿爺的話還沒說完……

突然，書房的門被打開了。

白色的燈光瞬間充斥整個空間。

芬芬猛然回過頭，瞳孔中映射出三道拉長的巨大身影，是德叔，以及兩名眼神陰狠的男人。

她張大嘴，可是沒發出聲音，有股自覺告訴她，這種時刻求救已然失去意義，所謂的復仇計畫到此爲止了，替歐陽報仇的結果不過是步上歐陽的後塵。

德叔咬牙切齒，一見到擺在地上的筆電與掃描器，立即就知道芬芬的目標是黑資料，背後的目的果然是想讓自己被各方勢力抄家滅族，想到這，怒氣再度失控，一腳踢爛傳送黑資料的器材。

他同時慶幸當初設置保險箱的時候，有個震動提醒的功能，只要保險箱有不正常的震動，立即會回報到使用者的手機，否則此刻自己還像個蠢貨在二樓緊盯監視螢幕，完全不知黑資料早被傳出去。

「終於釣到妳這條魚了。」德叔雙手負於背後，冷酷地說：「封住嘴，帶去車庫。」

這兩名手下是一對兄弟，正是當初德叔安排暗中跟蹤林音的人，足證明德叔對他們的重視。他們在江湖上以心狠手辣聞名，利益至上，毫無人性，對他們來說，女人或幼童的命不過是簡單的數字，只要價格夠，就可以殺，還順帶毀屍滅跡一條龍服務。

「你殺了歐陽，奪走我最珍貴的寶貝……你一定要記住，舉頭三尺有神明，你惡貫滿盈，絕對會有報應！」芬芬居然笑了出來，這段話明明就像垂死之前的嘴硬，卻讓每個字說得有如必會發生的事實。

「很不巧，我不相信神明。」德叔冷笑。

「沒關係，你遲早會明白的，相信我，你會明白。」

「妳也會明白，崩潰求我讓妳解脫，是什麼樣的滋味。」

「……」芬芬的嘴巴被堵住，沒有機會再說話了。

孔大、孔二這對兄弟，外形差異很大，可是在工作上互補配合得相當不錯，有一套自己辦事的ＳＯＰ。

他們討厭對方反抗，他們預料對方會反抗，所以也不管芬芬會不會反抗，在確認她的嘴巴被堵死、不會發出太大的聲音之後，就直接踩斷她的小拇指，來消除所有反抗的可能。

芬芬發出激烈的哀鳴，痛得在地上打滾，額間與頸間的青筋冒出來，雙眼微血管破裂，彷彿連流下的眼淚都變成紅色。

原本她篤定自己能夠承受的，至少能夠做到不跟仇人示弱，但僅僅是一根小拇指被硬底鞋踩中，反折超過一百八十度的那一秒鐘，她產生動搖了，腦袋除了疼痛，什麼都感受不到。

體格修長的孔二彎下腰抓起芬芬整把頭髮，如同拖行牲畜般，慢慢往車庫而去……

□

整個世界就算少一個人，也不會受任何影響，繼續地運作下去。

對林音而言，一切都恢復正常了。

當然，除了車庫之外。

家裡看不到槍枝、刀械。

一大群的幫派分子遣散，聽不到髒話與黃腔交雜的喧譁，聞不到酒味、菸味、令人反胃的檳榔臭味，就連在爸媽房間的監視器螢幕都拆個精光，彷彿時空整個倒轉，再也不用被關在房間，想去哪裡就去哪裡。

林音喜歡這樣子。

平凡、平淡的日子，就是她堅定守護的幸福。

能活在這個家庭，衣食無缺，還有關心自己的爸爸媽媽，她感到滿足，也不想再貪心奢望什麼，爲了報答神明給予的新生，一直以來林音不斷要求自己，一定要成爲更好的人。

自從解禁後，她回去學校讀書，認眞參與社團活動，累積更高的在校分數與更多的獎項紀錄，才能推甄上更棒的高中，林音不容許自己懈怠。當然，回饋育幼院的善舉、照顧成爲植物人的親生父親，一樣都不能落下。

林音帶著明天要考的數學模擬試題，打算一如往常到病房去複習。

林口醫院。

家屬探望的時間是晚上八點半。

林音坐在床邊，嘴巴叼著自動鉛筆，苦思不出這題方程式的解法。

如果是他，應該可以教我吧。

她一愣，很意外自己忽然冒出的想法，趕緊甩甩頭，刻意不去看林父那張削瘦如骷髏的臉，溫柔地將棉被蓋住他外露的手掌，刻意不去看日漸攣縮的手指，就算人是活的，但只要不動，身體就會一點一滴地崩壞，直到徹底毀去死亡。

「眞可憐，應該讓你直接死去的，很抱歉……」林音內疚地低語。

護士開啓病房門走了進來。

這很正常，林音甚至沒抬起頭。

「喀」一聲金屬卡榫的異音，迴盪在近乎死寂的病房。

這很不正常，病房門被鎖上了。

林音不解地凝視全然陌生的護士。

這位護士不是這區病房的護士，也沒有推著護理工作車進來，代表她不是突然被調過來，或者是暫時性的代班。

護士鎖上門，之後整整五秒鐘沒有動作，像是在觀察，像是在確認自己的決心。趁這段時間，林音掃視對方上下，沒有定期進髮廊維護的短髮，沒有半分妝感的蒼白面容，說其貌不揚算是太過分的評價，說面貌姣好又太矯情，這只能說是難以給人留下印象的外表。

可是雙眸中，有著一股天不怕、地不怕的從容……

林音主動開口，用小孩對大人的禮貌口吻道：「請問妳是？」

「叫我翠杉就可以了。」陌生的護士走到床邊。

兩人之間，有著可以握手的距離。

「我叫林音，不知道妳……」

「我是楊芬芬的朋友。」

當翠杉開門見山地扔出這個名字，就算林音努力想要克制，一瞬而逝的不安還是漏了餡，很難再裝作什麼都不清楚。

「妳爲什麼要找我？」

「妳說呢？」

「我已經履行對她開出的條件，我們沒有瓜葛了。」

「怎樣的條件？」

「……」

「到底是怎樣的條件？」

「讓她在我的床底躲三天。」

「三天過去，妳就背叛她。」

「沒有。」

「沒有？窩藏一個大患在房間，妳那個黑道老爸還不揍死妳？」

「我說……我是被脅迫的。」林音強調道：「這是她允許的。」

「哈哈哈……」翠杉嘲諷地大笑，不過眉眼中沒半分笑意，反而是悲戚。

「我沒騙妳。」

「我知道，正因爲我知道妳沒騙人，才覺得格外可笑……她就是這種人，楊芬芬就是這種人沒錯。」

「既然如此，她跟我沒有關係了。」

「沒關係？」

「我已經警告她好多次，爸爸的那些朋友絕不會手下留情，是她執迷不悟……」

「如果是妳，這輩子都遭到詛咒，得到什麼就會失去什麼，身邊只有一個從小認識的愛人，兩人謹小愼微地維繫這份感情，結果沒想到，詛咒再度發揮可怕的魔力，終於奪走了愛人，失去心頭上的那塊肉，徹徹底底一無所有了，請問，妳會怎麼做？」

「沒有這種詛咒。」

「她認爲有。」

「……老實說，我無法想像這種情感，妳爲難我了。」

「如果是妳，確認殺死自己男朋友的凶手，是一名惡名昭彰的黑道頭子，自己擁有的力量跟仇人比較起來天差地遠，連警察都拿對方沒轍，連收錢辦事的外國殺手都不敢招惹，只能痛苦地看著仇人一步一步退出江湖，一副改邪歸正要當個好人的虛僞模樣，請問，妳會怎麼做？」

「我不會去報仇，這太愚蠢。」林音很誠實。

「是啊，眞的很愚蠢。」翠杉依然有話直說。

「妳到底想說什麼？」林音赫然發現，眼前的陌生護士緊握住的右拳在顫抖，一點都不像外表表現的若無其事。

「我朋友是個善良至極的傻瓜，但我不是。」翠杉的眼眸匯聚著一往無悔的意志，一字一句地說：「爲了救她，我可以去恐嚇十四歲的小女孩。」

林音瞥一眼鎖緊的門，構思逃過此劫的方式，「我可以給妳錢，不多，十幾萬應該有，我們……就當作沒這回事吧。」

翠杉不發一語，半點徵兆都沒有，上一秒還在發抖的右拳，下一秒已經轟在林音的左臉頰，還未發育完全的嬌小身軀直接摔落床下，鼻子的酸楚直竄神經，眼淚立即湧出，鼻血一點一點滴落。

「我的朋友，正在妳家遭受折磨，妳怎麼好意思說這麼多廢話啊。」

「妳……一個護士毆打病患家屬，我……妳就不怕……」

「妳連殺害親父都不怕了，我要怕什麼？」

「……」

林音的神情瞬間猙獰，本該有的天真稚氣蕩然無存，原先就有預料到芬芬不可能真的保密，但聽到心中最不願被提起的瘡疤被大剌剌地敞開，殺人滅口的衝動快按捺不住，如果不是勝率太低、風險太高，殺死這個護士會是排第一位的選項。

「原本是芬芬用來保護妳爸的竊聽器，沒想到會錄到妳行凶的過程……太可怕、太諷刺了，對不對？」

「……」

這正是林音最大的敗筆，即便被打、被羞辱也無法反抗的原因。

當初提早抵達的救護車，本身就相當可疑，但她沒有注意到這一點，直到芬芬帶著錄音檔到學校，要求借住在床底幾天，她才被強迫吞下功敗垂成的後果。

「我要黑資料，妳只有兩個小時時間，至於錢……妳留在地獄使用吧，就當作是我的見面禮。」翠杉一口咬死，沒給討價還價的空間，「妳還有一百一十九分鐘又五十秒。」

「律師有說過……依我的年紀，法律不會給我多少懲罰的，別說是地獄，說不定連監獄都不用進，妳隨便拿去警察局報案沒關係。」林音不願意被予取予求。

「我沒打算給警察，我打算直接放在youtube，影片標題就打『私立靜文中學二〇三班林音，行凶殺害父親實錄』，下面再標記幾家媒體的帳號……」

「妳……」林音渾身輕顫，整個背部發麻。

「對妳而言，這個世界，自然會成爲地獄。」翠杉完全沒有說笑的意思，儘管芬芬說過無數次，冤有頭債有主、禍不及家人、絕不能公開錄音檔，但她根本沒聽進去。

尤其在這種情況下。

「妳們說的黑資料……我根本不知道是什麼。」

「我不管妳知不知道，兩個小時後，我要在這個雲端帳號看見所有黑資料，否則妳就準備上電視。」翠杉掏出一張紙條給她。

林音握著紙條，左右爲難，鼻血還沒止住。

無論怎麼選擇，目前幸福的日子都會遭受到嚴重的衝擊，這是她的寶貝，真心守護絕不容別人染指的寶貝，卻不得不接受即將失去所有的事實。

林音進入很長的沉默，長到忘記了時間，忘記了目前正面臨的難題，反而跳躍式地回憶起過去拋棄自己的媽媽，如果媽媽還在，就不用面對這種困難了吧……無助、被欺凌，就跟在育幼院一樣，恐懼起床上學的每一個早晨。

她惡狠狠地沉聲問：「何必凌遲我這麼久，她爲什麼不乾脆逼我找出黑資料？這明明才是唯一可能報仇成功的方法。」

「她怕妳遭德叔反噬，不忍心威脅妳。」翠杉突然放軟了語氣，是因爲想到芬芬。

「……」

「是的，不忍心，即便對象是妳。」

□

車庫。

宛若血漿免費的B級片現場。

芬芬倒在自己的血泊中，感受著血液緩慢凝固的過程……也不知道爲什麼，明明觸覺已經痛到近乎麻木，卻能清晰感受到血小板正在作用，彷彿從傷口流出的紅色液體，同樣是身體延伸而出的部分。

上半身只剩下一件運動內衣遮住重點部位，原本的T恤早就爛成破布，落在旁邊吸飽髒血，下半身還好一點，牛仔褲有堅強的防禦力，除了破幾個洞，其餘維持了原本的形狀。

孔大、孔二並不是對芬芬沒興趣，不過德叔下了嚴令，絕不許玷污自己停車的車庫，再加上時間一分一秒過去，芬芬的皮膚找不到一塊完好的區域，原先高昂的興致逐漸成為唾棄厭惡，打得更凶更狠……

她靠在車庫的角柱，雙手雙腳被鍊在旁邊的鐵桿，手腕與腳踝磨損得紅腫滲血，卻不覺得特別痛苦，畢竟痛的地方實在太多。

已經是第四十……還是五十個小時？她的精神狀態沒辦法記住這種瑣事了，只能勉強依靠孔大與孔二的工作時間與動作來判斷，若很久沒出現，那就是深夜，如果踢得特別重，可能就是剛吃飽飯。

「喂，吃飯啦。」孔二開了兩個貓罐頭，裡面是腥味極重的雞肉，對貓或許是美食，對人是侮辱與折磨。

芬芬像是從惡夢中驚醒，一張開眼就見到孔二陰邪的五官，她氣若游絲地嘆了一口短氣。

「怎麼了？」孔二摸摸她的頭，輕得像在摸貓，「見到我很失望是不是？還是妳比較喜歡我哥？」

「我……還沒死？」芬芬張開嘴，牽扯到未癒合的傷，血液沿著嘴角流落。

「估計，應該再撐兩天沒問題吧。」

「是嗎……」

「前提是，妳要先吃飽呀。」孔二用鞋底推了推雞肉泥，希望芬芬趕緊吃。

「又到晚餐……時間……」

「沒錯，德叔帶孔大去買器具，妳不趕快吃，等等哪有力氣支撐得住。」

「……」

「不要認爲我這幾天對妳狠，就把我當成惡徒，其實呀，我是個好人，單純收錢辦事而已，那兩個問題，妳只要乖乖回答就沒事啦。」

「什、什麼？」芬芬不記得了。

「像妳這樣裝傻，我原本該用剪刀剪妳的耳垂，可是，德叔跟孔大不在，我又是個好人，所以不會這麼做的，而且還會很有耐心，重複第七百次講給妳聽喔。」孔二陰險地笑了笑。

「……」

「聽好，第一題是，『妳背後是什麼勢力？誰指使妳來偷黑資料的？』。再來第二題，『是誰替妳寄出木箱的？妳的同夥到底是誰？』，很簡單對不對？」

「爲什麼……還不殺我？」

「錯誤答案。」

孔二一腳踹向芬芬的右腳脛骨，清脆的崩裂聲衝擊她的腦門，迫使人瘋狂的痛覺讓她睁大雙眼，臉部肌肉緊縮，身軀開始痙攣，口水混著血液從嘴角墜落。

這不是最痛的，芬芬不斷告訴自己，這不是最痛的，比起失去歐陽，區區一截小腿根本不算什麼，這不是最重的……眞的不是最痛的……

「妳想嘛，一下子從台北寄出、一下子從宜蘭寄出，代表一定有人在偷偷幫妳，混淆我們的判斷，這個幫妳的人到底知道多少？對黑資料又瞭解多少呢？」孔二和善地問。

「……」

「透露一點訊息給我，我才能跟德叔交代嘛，不然……他們等等買一堆工具回來，電鑽、鋸子、老虎鉗一大堆，到時候妳還不是會乖乖說。」

「殺、殺死我……」芬芬從咬牙的齒縫擠出這句話。

「錯誤答案。」

孔二高高抬起右腳，用盡全力重重地踹在芬芬的右腳脛骨，相同的位置，產生不同的結果。

原本還只是骨裂而已，現在已經徹底斷掉，小腿呈現不自然的彎曲，像是多了一段關節，不成人形。

芬芬無法控制地咬下嘴唇的一塊肉，終於放聲尖叫，像是對著喉嚨用銼刀割出的刺耳噪音，身體前後劇烈晃動，想掙脫鐵鍊的束縛，但一點效果都沒有，反而讓手腕的傷口裂開。

這不是最痛的，芬芬試圖再次告訴自己，這不是最痛的……然而，右小腿沿神經上竄的椎心刺痛，反覆地驗證何謂自欺欺人。她沒辦法再說謊了，這就是最痛的，這就是幾天折磨當中最痛的一次。

她想求饒了……以恐慌與示弱的眼神望向孔二，希望對方能用最快的速度理解。

如果要下跪，她會下跪，如果要磕頭，她會磕，所謂的堅持在這瞬間全化為烏有，只要能結束痛苦，她能夠妥協，做出任何事……反正夠了，自己對歐陽的虧欠已經夠了吧？即使到此為止，也沒有人會責備自己吧？

是不是可以求饒了呢？是不是可以不要報仇了呢？

是不是能抬頭挺胸地走上天堂告訴歐陽，「我盡力了，很抱歉，我真的盡力了。」

「假設，時間能夠逆走，我們還是不要相愛了，這樣的話……你不會在KTV為我出頭，我不會為你報仇，害你無端遭受我帶來的詛咒，對不起，但我也承受了你帶來的詛咒……我們就算扯平，好不好？愛上你，這一種畸形的詛咒，真的太折磨……太折磨人……」

「妳到底在說什麼鬼啊。」孔二有些擔心，尤其是芬芬開始精神錯亂，口齒不清糊里糊塗吐出一大串無意義的嗚咽之後。

從他的角度來聽，芬芬根本不是在說話，僅僅是發出一道堅持十幾秒的長氣，音調變化得如泣如訴，彷彿真的有第三者在此，與芬芬用常人無法理解的語言對談。

腦袋可能壞掉了吧，他不耐煩地咂嘴，想起德叔還沒有說要取她的命，如果不小心弄死人事情就不好辦了。

芬芬沒辦法再堅持，死沒有關係，能跟歐陽重逢，死是一種獎勵，可是她不能自盡，一定要死在對方手上……所以，她開始恐懼，恐懼自己會無法承受深入骨髓的痛苦，將不該說的祕密講出來。

她不相信神，但她只能祈求。

不管是哪一尊神明都好，讓痛苦停止，哪怕是紓緩一些……只要一些些就好……眼淚不斷從眼眶湧出，這不是哭泣，是一種卑微。

人生的盡頭就像一片由淚水組成的海，每個到達這裡的人，除了無助地漂浮之外，僅能卑微地回憶這一生，然後持續讓海擴張。

沒有選擇，芬芬用最謙卑的姿態懇求。

偌大的車庫只餘虛弱的哀鳴……

孔二是個無惡不作的殺手，連簡單的包紮都不會，他知道再繼續這樣下去，芬芬必死無疑。

「德叔快回來了，別死，別給我惹麻煩。」

轉頭就走，離開車庫，不再痛下殺手，已經是他最大的慈悲。

□

車庫。

氣氛壓迫得沒人敢大口喘氣，現場像是籠罩著一層看不見的鐵砂，沉重，肌膚磨過生疼，手腳掛著嚴重的拖泥感，彷彿連站穩都要使出最大的力氣。

孔二已經離去，現場卻彙聚了許多神，大家沉默不語，木然地等待這件事最後的結果。

如過去某一位財神所說，神明不過是個旁觀者。

像個失業上班族的死神，其貌不揚的老魏，是在阿爺與迎春之後，第三位抵達的神，哪裡有人死，哪裡有死神，芬芬命懸一線，他當然要來看看是不是有業績能做。

一直以來，老魏都覺得死神不過是個指揮交通的神祇，負責指引死去的靈魂，讓他們抵達該去的地方。

站在寬廣的十字路口久了，自然見過千奇百怪的用路人、見過五花八門的生離死別，無動於衷依舊堅守崗位，戰戰兢兢地完成自己的工作，日復一日，不夾雜個人情緒，死神就是這麼乏味的工作。

在財神、城隍、死神之後，趕到的是一位愛神，俗稱的月老。

她的外觀年齡僅有十七、十八歲，穿著次文化的角色扮演服裝，短到最極限的百褶裙，黑色的針織衫卻巧妙地再上下截短，露出雪白的乳溝與腰身，即便是集性感與稚氣於一身，俏皮的雙馬尾髮型又讓她年輕了三、四歲。

可惜現場沒人知道她扮演哪一位動漫角色。她凝重的神色也不是參加動漫展時該有的，反而像走進多年好友的喪禮，難過得連象徵愛神的「喜嫣紅光」都不見喜樂。

現場四位神祇，死神、愛神、財神，以及城隍都到了，一齊注視著泡在血泊中的芬芬，有的是爲了業績而來，有的是希望見見結緣對象，有的是想確認在人性的終點，會有什麼東西，有的……單純是不忍心。

「她的目標，從頭到尾都不是黑資料，而是殉情。」

阿爺的臉色很難看，前所未有的難看。

在擔任財神的漫長光陰中，到底見過多少各式各樣的信徒呢？早在兩百年前，他就已經放棄計算了。

說要比目前更殘忍、更血腥的狀況，一定是有的，他隨隨便便就能舉出三、四樣更血肉橫飛、更泯滅人性的案例。

說要比芬芬更痴情、更愚蠢的人，多得是，他根本不用回憶就能提出，什麼少女賣身養男友，最後慘被劈腿選擇跳樓，什麼宅男迷戀網路女神，後來發現自己不過是提款機，憤而上門討公道卻被反殺。

說要比人性的光輝，還是有的，他就曾見過落到敵軍手中的特務，在被嚴刑拷打之下都沒背叛自己的國家，或是數十年如一日的麵攤，老闆娘無償提供飢寒交迫的可憐人溫飽。

但是，阿爺沒見過這麼善良、這麼痴傻的人落得這麼殘酷的下場。

絕無僅有。

迎春求助地環視其他神，匯聚眾神的神權，說不定會有拯救一條生命的辦法。

愛神最忌諱聽到「殉情」兩字，完全無法接受，急著說：「殉情有百百種方式，何必選這種呢？」

「我說的殉情算是一種心理狀態，自從歐陽死了，她就不想獨活。」阿爺的招牌燦笑已經消失好幾天，否則此刻必定會自以爲是地笑一笑。

「你、你是怎麼判斷的？」她不能相信也不願相信，對愛神而言，結緣對象殉情是最可怕的狀況，沒有之一。

「還需要判斷嗎?」迎春站在阿爺身邊，反問。

阿爺原本想說，這段時間，自己不知道使用了幾次神權，就是想利用金錢誘惑，畫出一個美好的幸福願景，緩解芬芬尋死的衝動，不幸的是各種利誘、蠱惑全部沒有用，她的死意堅決，如迎春所說，根本不需要判斷。

「嗚……」愛神快哭出來，咬著半邊唇，不放棄地說：「你剛說殉情是心理狀態，那芬芬這種反常的行徑該怎麼解釋?」

「這是她爲歐陽報仇的計畫。」阿爺也很難相信自己的看法。

「人都要死了，還報仇?」

「她是故意被抓的……故意遭受這種折磨……」

「故意?你說芬芬是故意的?」

「對。」阿爺由衷希望自己判斷錯誤。

「……」愛神的美麗臉蛋表現出不能接受的神情。

「愛神難不成只要牽完紅線就拍拍屁股走人嗎?連個後續追蹤都沒有?」

「這幾年生育率這麼低，我們被天庭盯得很緊，都在全力開拓新的案子，自然、自然舊的就……」愛神心虛地解釋。

「在歐陽死後，芬芬一心一意尋仇，用盡父母為其準備讀大學的費用，聘請多組私家偵探調查，得知派出殺手殺死歐陽的眞凶是德叔，很快地，她開始挖掘德叔的一切，逐漸建構出自己的復仇計畫。在此之前，因爲擔心自己的復仇計畫會波及到林音，又想盡辦法找到林父，並提供資源助他奪回女兒的監護權。」

阿爺說的這段，迎春大半都有參與，倒是愛神聽得一頭霧水，完全不知結緣的對象經歷過這些。

「芬芬爲了保護林父，特別經過某位偵探的獨特管道，取得『國家情報單位級的監視設備』，免費贈予林父防身，只要德叔敢暗中動手，立即就會錄音、錄影、傳送GPS位置出去。」

「……我聽得懂你說的每個字，可是組在一起我就不懂了。」愛神歪著頭，雙馬尾也歪斜。

一旁的死神同感困惑，剛剛才趕到的窮神小菜更是狀況外，不解財神在這種情況下說八竿子打不著的事做什麼。

唯有城隍似乎聽懂了，猛然回頭望向垂死的芬芬。

財神無奈地繼續說：「楊芬芬的手腳各有一道手術疤痕。」

「等等，該不會……」死神蹲到芬芬身邊想找到眞相。

窮神站得比較遠，跟著提示想起那場莫名其妙的小手術，身軀頓時僵硬得沒辦法動彈。

愛神張大雙眼，如此曲折的劇情，已經超出她平時只看戀愛喜劇動漫的腦袋負荷，瞳孔迷惘地搖晃。

「沒錯，有兩具小型的監聽器具埋在楊芬芬的體內。」

阿爺緩緩閉上眼，沒停止充滿苦味的嘴。

「她就是自願奔進虎口的羊，而老虎咬下去的刹那，才會驚覺自己咬的是炸彈。」

「報仇的方式千百種，爲什麼她偏偏……」死神想知道答案。

「她的想法很單純，認爲只要自己被殺了，殺死歐陽的凶手就得再次承擔原本逃掉的殺人罪責。」

「……」死神有話想說，但說不出口。

「很蠢、很可笑對吧？我也不懂……究竟、究竟、究竟是爲什麼要堅持這種近乎弱智的計畫？」阿爺笑了出來，卻覺得好心疼。

「人……眞是不可思議……」死神輕輕地開口。

「我會浪費時間跟你們講清楚來龍去脈，是因爲……」阿爺緩緩地收斂苦澀的笑容，嚴肅地說：「想請教各位，有沒有什麼巧妙運用神權的方式，能在影響最小的情況下干涉塵世？」

「你要干涉生死？別跟我開玩笑了。」死神只會殺人。

「我也拜託各位！」迎春深深地鞠躬。

「妳一個城隍，還鼓勵這種事？」死神失望地搖頭。

「人會改變，神也應該改變。」迎春把成爲財神跟班這幾年的體會全數融成這時說出的話，「就算是臭名昭彰的方士爺都願意改變，變成對信眾更好的神。」

「妳要勸就勸，別扯過來，我沒改變。」阿爺淡淡地否認。

「我曾經問過他，到底要什麼狀況才能停止冷眼旁觀，伸出援手拯救芸芸眾生，他說『遇到毫無貪念之人』。沒錯，視人類如玩具的方士爺，沒有說不可能，而是留下一個但書，這就是整個天庭最惡意、最可惡的財神，改變的證據。」

「我沒改變。」

「一開始我不懂，但是慢慢地，我能理解他眞正的想法，方士爺表面上的輕蔑與不在意，還有那個幼稚到極點的笑容，不過是想掩飾心裡難受的手段。」

「夠了……我眞的不知道該從何吐槽起。」

「就他常常掛在嘴邊吹噓的資歷來說，他是前輩，甚至是前輩的前輩，轉個念想，這是不是代表千百年的光陰過去，人們在他的心裡劃下太多太多傷口？」

「妳別鬼扯……」

「我身爲城隍，暗中觀察過無數神明，你們捫心自問，有誰能持續數十年追蹤與自己結緣的人？有誰對信眾的個性、家底、人際關係全數調查得一清二楚？有誰能一年三百六十五天、一天二十四小時都在崗位上，連個私人興趣都沒？」

「……」

「像這種性格變態扭曲、行事矛盾可笑的財神都願意豁出去阻止悲劇，你們呢？」

現場的死神、愛神、窮神連動都沒動，只是靜靜地站著，宛若千年來被人們供奉在廟裡的神像，呆滯、麻木、了無生氣，對單刀直入的挑釁無可奈何。

「或者，我應該這樣問，連方士爺都能認同的可憐女人，眞的不値得你們救嗎？」

無神應答。

「今天的狀況，如果是命中註定或者壽終正寢，那我無話可說，畢竟日日夜夜都有可憐人死去，我們不可能全救回來。但芬芬顯然不同，她會走到這一步，或多或少有神的因素在，不是嗎？」

面對一而再、再而三的問題，是死神首先打破沉默，無力地說：「已經到這種程度，我們的神權又能做什麼？更何況身爲死神，殺人還可以，救人眞的沒辦法。」

窮神與愛神相繼點頭，她們的確都同情芬芬的際遇，不過現實上，窮神與愛神的神權根本幫不上忙，如何干涉塵世自古以來都是大學問，可是目前芬芬危在旦夕，哪有時間跟空間再去安排。

迎春焦急地靠近觀察芬芬，但她只能瞧見一串血肉模糊的傷口，以及半暈半醒的憔悴面容，判斷不出實際狀況。

「她的失血量太多了，頂多再支持一、兩個小時。」老經驗的死神深深地吐出一口濁氣，「如果再繼續受到傷害，可能就剩三、五分鐘吧。」

「前輩！」迎春甩過頭，眼眶泛紅地望著阿爺。

可惜，阿爺苦著一張臉，如同死神所說，的確想不出更妥當的方式……芬芬的死，其實是一大串複雜的因所產出的果，要用最低影響的方式干涉這個果，就得跟摘葡萄一樣，只摘掉最末端的那一粒，而不是粗暴地從中斬斷，毀壞掉其他的果實。

最理想的辦法是惠姨，她早就對封閉的車庫感到懷疑，如果能誘導她排除萬難進到車庫，說不定可以激發惻隱之心，暗中打電話叫救護車。然而，她現在不在家，即便在，如何不著痕跡地誘導也是大問題。

時間有限，生命有限……

「要到了……」窮神扁平無起伏的語調，突然打斷阿爺的思緒。

「什麼？」

「造成這場悲劇的元凶，快要到了。」

□

停止的時空。

凝固的空間。

一樣是車庫，卻變得格外詭異。

身爲死神的老魏雙手抱頭，從來沒舒展過的雙眉幾乎快擠成一個點，看得出來他並不希望在今天賺到業績，聽完芬芬的故事，死神會心軟，也有不殺之人。

身爲愛神的樂芙垂頭喪氣，原先活潑的雙馬尾死氣沉沉，可愛的妝容都遮掩不住她的內疚，當初如果能考慮到芬芬與歐陽的家世差距過大，不隨隨便便替他們綁上紅線，或許今天就不會有這場悲劇。

身爲窮神的小菜雙眼絕望，果然窮神是最可悲的神祇，除了接二連三地帶來厄運，其他一無是處……會選擇成爲寄附在芬芬身邊的窮神之一，是想說楊家的底蘊深厚，再加上母親溺愛女兒，能供給源源不絕的財富，可以降低業績需求帶來的傷害，沒想到，仍是一條命的代價。

身爲戴罪的城隍，迎春無能爲力地注視阿爺，期望能出現一個奇蹟……

凍結的時空中，阿爺能輕易觀察他們的姿態，透過神情與姿態去推敲眾神的想法，接著，彎下腰，席地而坐，試圖對翻閱到此處的讀者說話……

這是唯一能拖延芬芬性命的辦法。

「一直以來，都搞不懂爲什麼我忽然之間就擁有這種能力，嗯，你知道的，就是跨進第三條世界線，能夠單向傳達訊息的能力。」

「就算我是神，也不過是小小的財神，滿天財神的其中一位，我百分之百肯定天庭賦予我的神權絕對沒有這項，我同時百分之九十九點九九確認沒有別的神得到類似的權威……害我完全不敢找其他同事商量，這個，你能理解吧？就像你不會整天對朋友說自己只要頭殼插一根天線便能與外星人直接對話，嗯，一定會被當作神經病嘛。」

「所以……我到底爲什麼會有這種不可思議的能力呢？即便絞盡腦汁去想，想得頭破血流，也只能探到眞相邊緣的輪廓，會不會……會不會是……要透過我做什麼？」

「究竟是什麼事？」

阿爺用力地搖頭，像是想透過這個動作，將紛亂的思緒統統甩出去。

「或者，這個能力的背後並沒有其他意義？」

他沮喪地聳聳肩，單手按著臉龐，像不願意讓人瞧見表情，又像是在支撐，支撐虛弱無力、身心俱疲的自己。

透過中指與食指的縫隙，悄悄注視著雙眼無神的芬芬，彷彿能聽見她傳遞出的心聲，對於一死了之的強烈渴望。

眼前的女人，肩膀、手臂、腹側全是割傷，小的傷口正在結疤，大的傷口還在滲出血與膿混合的腐臭汁液，整張臉鼻青臉腫，左眼已經睜不開了，頭皮有一小塊連著頭髮被扯掉，出現很畸形的禿。

芬芬宛若淋了一場大雨，雨是紅色的、是腥臭的，散出揮之不去的哀傷氣味，讓她枯萎的身軀濡濕，漸漸地凝固成痂……雨越大，她的生命流逝得越快，可是當雨停止，她的人生也到此終結。

平時口若懸河的阿爺許久沒有說話，慢慢地垂下頭，看見手掌中淡到幾乎看不見的傷……這是被碎玻璃割到的微小傷口，帶給他第一次的痛。痛這種感覺很糟糕，最可怕的是痛無法擺脫，只能咬緊牙根承受。

而且痛很特別，會重疊，對著一個刀傷再割開同樣長短的刀傷，痛苦不會持平；痛會累積，傷口增加痛會成等比級數成長，痛苦不會減緩，痛就是這麼可怕的東西。

光是這樣一丁點的傷，就讓他如此煎熬，何況是……

「妳怎麼能忍下去？」阿爺很困惑。

芬芬顛覆了他對人的認知，尋求安逸應該是生命的本能。

「妳的貪婪呢？」

「沒有說清楚之前，不准死。」

阿爺大概過去從來沒有料到，自己所有的變化，對人的同理心，會是源自於掌心，一個小小的傷口。

在他硬生生挖掉心裡最頑固的部分，下定決心的一個轉念之間……

停止的時空，開始流動。

凝固的空間，開始轉動。

恢復正常，回到那個即將傾倒的悲劇中。

「前輩！」迎春扯開喉嚨大喊。

德叔攜帶著DIY工具組合，搭乘孔大駕的車往別墅駛來，由窮神對距離的判斷，估計五到十分鐘就會抵達車庫，芬芬不可能再撐得住手鋼鋸、尖嘴鉗、羊角鎚的刑求了。

「吵什麼吵？」阿爺挖挖耳朵。

「……」迎春愣住，不知道爲什麼，忽然覺得這位前輩的眼神有些不同。

「我當了這麼久的財神……偶爾任性一點，天庭應該不會介意吧。」

「你是不是想出什麼干涉塵世的方法了？」

「是喔。」

「該怎麼配合？相信大家都願意用自己的神權，助芬芬一臂之力。」迎春當然不會知道愛神、死神、窮神的想法，但她只能用這種趕鴨子硬上架的手段。

「不用。」阿爺淡淡地說。

「不、不用？」迎春不解。

「你們都離開吧，不用蹚這灘渾水了。」

「突然之間，你在說什麼鬼話啊！」

「我曾說過，願救毫無貪念之人，我也不能確定楊芬芬是不是貪圖著什麼，但，至少，能讓我不確定，就已經是個奇蹟。」

「……」

「即便她言明不信有神，可是當她到財神廟跪拜那尊破爛雕像的那一刻起。」阿爺笑了起來，如同以往的燦爛，甚至還帶一點灑脫，「就是我方士爺的信徒！」

「你到底……」迎春試圖抓住他。

卻沒有成功。

明明近在咫尺，手卻穿透過去。

伴隨在阿爺周身的金光消失了，同一時間她產生一個明確的念頭……

阿爺根本沒有想出什麼絕妙的計畫，能夠在不過度影響的情況下干涉塵世。

他就是直接跨過界，不管天庭可能降下的懲處，打算用最粗暴、最不理智的手法，承擔這一大串錯綜複雜的業報，先賭一口氣救下芬芬再說。

□

芬芬知道自己總算要死了。

這一段連咬舌自盡都不行的凌遲終於要畫上句點。

自己這條命必須死在他的手上，不能是孔大、孔二，也不能自殺，一定要死在殺害歐陽的凶手手上才行，這樣的話，體內的竊聽器，最少會記錄到什麼限制自由、教唆殺人、凌虐致死……諸如此類的罪行吧。

話說回來，爲什麼會確定自己要死了呢？因爲模糊的視線中，很突兀地冒出了一名男子。

平空出現。

原本還不相信這世界上有神的她，沒想到死神突然現身，現在不相信也不行了。

眼前的男子，大概比歐陽小十歲，有一張娃娃臉，看起來又更年輕，他穿著正式的西裝，胸前的那條紅色領帶長到接近膝蓋，很不搭，有幾分像七爺、八爺的舌頭。

太奇幻了，一點眞實感都沒有。

應該是勾魂使者的男子，卻關心起自己身上的傷，笨手笨腳地試圖止住傷口流出的血液，弄得一雙手、全新的西裝，都沾上不堪的血污，芬芬很不好意思地想要阻止，可惜連手都抬不起來，只能任人擺布。

緊接著，更奇幻的事情發生了。

男子打了一個響指，刺眼的金色光芒頃刻充滿視線，車庫深處的鐵架突然崩塌，他急急忙忙跑了過去，雙手抱回一堆鈔票……是的，絕對沒看錯，絕對不是因爲在彌留之際，喪失了最基本的判斷，男子抱回來的是白花花的鈔票，全部是千元大鈔，發出獨特的新鈔香味。

他拆開一疊新鈔，把鈔票敷在傷口上頭，手緊緊地按住……原來如此，他讓鈔票變成ＯＫ繃，希望滲出的血能止住。

原來錢還能這樣用啊？芬芬很想笑，不過嘴角已經僵硬無法彎曲，只剩勉強維持焦距的眼睛觀察這超現實的現象，由衷感謝這樣的奇蹟。

她很想說奇蹟實在不該浪費在像自己這種人身上，但是心中最深最深的深處又偷偷感動著，感動自己並沒有被這個世界遺棄，不會像一條孤苦伶仃的狗，死之前還得被狗鍊拴著，連平躺的資格都沒有。

很想死，又很不想死。

芬芬的眼角再度蓄滿淚水，怪自己對不起歐陽，居然想苟且偷生下去。

男子的臉色變得很難看，就算是神也只有兩隻手，芬芬身體還在滲血的部位卻至少有六、七處，透過簡單的算數就能知道手不夠用。

很抱歉讓男子陷入這種爲難，芬芬其實很想說，沒關係的，能做到這種程度就夠了，沒有人規定奇蹟發生就得心想事成，能夠在人生的最後見識到不可思議的神奇光芒，已經很棒了……

「我眞的沒想到，錢會有比一段乾淨繃帶還不如的一天。」男子自嘲地笑一笑，試圖沖淡空氣中的淒涼。

芬芬沒辦法表達任何訊息，如果能，她會配合地微笑。

「別死啊，不要趕著去增加死神的業績，聽到沒？」

芬芬終於稍稍恢復了體力，用幾乎不可視的小角度點頭。

「聽好了，若等到那幫人回來，妳必死無疑，所以我得揹妳離開……沒問題吧？」

「……」

「不管多痛都要忍住，妳已經忍這麼久了，只要再堅持十分鐘就好，懂嗎？」男子說到做到，沒有猶豫不決，直接將背轉過來。

同一個時間，連結車庫與別墅的門忽然被打開，毫無預兆，卻如死神的喪鐘。

男子嚇一大跳，破口大罵幾句髒話，但是，非常奇怪……他的嘴角卻是掛著一道欣喜的弧度，迎接著小小的轉機。

芬芬看傻了，率先闖進車庫的是一名像尋常上班族的大叔，再來是外型像貞子的小姐，再來是動漫風打扮的女孩，最後是染著粉紅色短髮的女高中生……這究竟是怎麼回事？就算是她健健康康、腦袋清楚的時候，也絕對想不出答案。

「別怕，我們是來救妳的。」

「我去車庫外把風……」

「你們居然要求死神打一一九求救專線？太殘酷了吧！」

「前輩，你是白痴嗎？沒有手能按著傷口，是不會用毛巾綁嗎？」

芬芬完全搞不懂現在是什麼狀況，連一點頭緒都沒有，這些忽然冒出的人到底是誰？好多好多的問題都沒辦法用合理的邏輯去解釋，但是、但是……

胸口好暖。

她的淚珠失控撲簌簌地滑落，轉眼之間哭成淚人兒。

「別哭、別哭，妳不能再失去水分了。」愛神雙手用鈔票按住滲血處。

「偷來的手機收訊果然差。」死神抱怨。

「拜託，你那個是室內無線電話，要進去打！」阿爺不忍吐槽。

「前輩，這傷口綁好了，換下一個。」迎春的速度很快。

「妳這幾條毛巾哪裡找的？」

「浴室。」

「那妳是不會順便拿包衛生紙來嗎？害我在這包得跟傻瓜一樣。」

「……我、我又沒用過。」

「報告。」窮神無視阿爺抨擊生活知識匱乏的神，飄忽地再次現身，幽幽地說：

「救護車快要抵達了。」

「這麼快？」阿爺詫異。

「我才剛打欸。」死神掛掉電話不到一秒。

「太好了，如果現在讓專業救護人員接手，一定能撿回一條命。」迎春鬆了口氣。

「德……那個壞蛋也要抵達了。」窮神補充。

「……」迎春倒抽一口冷氣。

「小棻，下次請先說重點！」阿爺忍無可忍。

「不過，救護車前頭還有好幾輛警車……」

聽到窮神說出眞正的重點，正在綁毛巾的阿爺雙手停止，靈光一閃似乎捕捉到芬芬安排的後手……不，不是芬芬，死意如此堅定的人，不會安排能救出自己的伏筆，定是有其他在計畫之外的人，透過特殊的手法改變這個危局。

叫來「一輛救護車」和「好幾輛警車」是完全不同概念，一定要有一股更大的力量介入才有可能……

砰！爆裂之聲，明顯的槍響。

來不及搞清楚狀況……

砰砰砰砰砰砰砰砰砰……一大串槍擊聲不絕於耳，砰砰砰砰砰砰砰砰砰……距離很近，大概是在外頭的庭院，砰砰砰砰砰砰、砰砰砰砰砰砰……來來回回，每一槍、每一顆射出的子彈都蘊含著不可退讓的堅持，砰砰砰砰砰砰……槍戰距離車庫不超過一百公尺，在流彈的波及範圍內。

阿爺轉過頭，視線往槍聲的來源延伸。

惠姨精心照顧的園藝毀於一旦，價格昂貴的松柏植栽，產地直接移植的蘭花花卉……一眼望去，萬紫千紅皆遭戰火波及被子彈噴成蜂窩，造景用的山水擺飾已無法看出原先的雅緻精美，只餘灰燼與硝煙擴散在四周。

時間回到三分鐘前，德叔的賓士剛駛進大門，防盜鐵門還沒來得及關上，就有一輛未鳴笛的警車悄然尾隨，揹滿案子的孔大相當緊張，一把握住插在飲料架的手槍。

德叔要他不用緊張，現在自己的身分日漸洗白，早就不像過去會怕警察臨檢，一輛警車出現，說不定是分局長派人來送禮招呼，即便車庫綁著一個女人，在沒有自己允許的情況下，又有誰敢硬闖？

可惜，這樣的美好想法在下一秒就徹底破滅。

第一輛警車熄火卡住大門，是爲了防止關閉，後面三輛、四輛的警車來勢洶洶，同時開啓警笛，紅藍兩色的交錯光芒，象徵著今天無論如何都別想善了。

德叔冷笑幾聲，數十年的經歷也不是白混的，想當初分局長強逼酒家女墮胎，搞到不滿二十歲的可憐女人穿紅衣割腕自殺，留下血跡斑斑的遺書詳寫和分局長婚外情的過程，如果不是自己妥善掩蓋此事，現在一局之長的位子早就換人了……那封遺書可是好好地藏在黑資料裡頭。

他拿起手機，準備打電話跟分局長聊聊……

砰！

第一聲槍響。

是孔二從別墅提著MP5衝鋒槍出來。

「操你媽！你們到底在做什麼啊！誰叫你們開槍了？是誰說可以開槍！」德叔猛然扭過頭，再無半分平時的沉穩，所謂的數十年經歷一點用處都沒，只能眼睜睜地看著情勢走向最糟的狀況。

砰砰砰砰砰砰砰！雙方開始一連串的駁火。

在孔二的火力支援中，孔大不管警察的警告，將車往內急駛，躲到一片假山後，當成暫時性的掩體。

德叔茫然了，在槍林彈雨之間被孔大拖下車仍毫無所覺，總是習慣計算到下一步、下三步、下十步的他此時想的不是老婆、不是女兒，也不是這片基業，或者長久累積的財富，腦袋裡僅僅是一片空白。

整個世界崩毀的那種空白。

其實他根本不需要躲，即便警方掌握了什麼絕對證據，也必須要按照法律程序來，只要花個大錢請厲害的律師，在法庭拖上三、五年，總是能找到很多能見縫插針的地方，一舉扭轉頹勢。

退一百步說，就算被關進監獄，依自己的人脈，在籠子裡也能過上五星級的生活，不管用什麼角度想，對警察開槍都是最差的選擇。

可惜，孔大、孔二不是德叔。

他們一個揹著數起強姦殺人的罪行、一個揹著綁架撕票的罪孽，如果被抓到的話，幾乎可以肯定是死刑，反正早死晚死都是要死，還不如拿起槍，用子彈打出一條生路。

害得德叔再也沒有任何退路。千算萬算，還是失算了，沒有算到聘請什麼都敢做的人，就得面對什麼都可能發生的後果。

很快，卻說不清過去了多久的時間。

孔二被當場擊斃，孔大身中兩槍，離死沒有多遠。

德叔依然面無表情地坐在假山後面，直到大批警察壓上制伏，宣讀米蘭達警告。

接到警方通知，確認裡面的歹徒遭到制伏，安全無虞，救護車抓緊時間加速駛向車庫，急救人員兩人一組，在警察的保護下，沒再浪費半點時間。

即便是馬不停蹄，沒有再多浪費一秒鐘，仍是拖延了二十分鐘左右，被害者的狀況不知如何。

警察用攻堅器具直接破壞車庫鐵門。

急救人員進入，在昏暗又充滿腥臭味的場合，見證到此生都沒想像過的畫面。

芬芬的手、腳、脖子依然拴在鐵桿上，坐臥於血泊當中，身軀卻覆蓋著一層藍色的千元大鈔，這片藍被紅色所包圍，反而給人一種畸麗、詭異的美感，鈔票上獨特的防盜油墨，跟著破門而入的光線，發出幾乎不可見的藍銀光芒。

急救人員畢竟是經過專業訓練，沒有恍神太久，立即投入救援，慢慢地撥開看似用來替被害者保溫的鈔票，解開包紮的毛巾，數個怵目驚心的出血點露出，用來壓住傷口的鈔票完全變成黑藍色……

然而，鈔票具有不透水的特性，扣掉上頭細菌過多的問題，確實成功止血，急救人員不敢貿然將與出血點黏合的鈔票撕開，先確認被害者的心跳、血壓、血氧值都在容許範圍內，再確認被害者的意識清楚，只是體力太虛弱無法動彈，決定到醫院再說。

警察用油壓剪斷開芬芬身上的鐵鍊，同時急救人員暫時固定好芬芬斷掉的小腿，眾人合力將她抬上擔架，準備用最快的速度送到救護車。

途中，被押解著前往別墅的德叔和芬芬的擔架交錯而過……

芬芬在這短短的一瞬想起了歐陽，有一部電影曾經說，人生會死亡兩次，第一次是肉體的死亡，第二次是被所有人遺忘。

對這個世界而言，歐陽不過是三年前登上新聞版面的一名車手，沒有人知道，他曾經是個醫學院的學生、是個孝順母親的孝子、是個對女朋友無微不至的完美情人。

沒有人知道，或者該說，沒有人在乎。

當歐陽的母親過世，兄弟相殘家破人亡，跟摯友決裂互砍，就代表整個世界還在乎歐陽的人，僅剩下一個人，就是芬芬。

她不會在意有多少困難、揹負多少詛咒、跟著多少窮神、招來多少危險，她從未想過放棄報仇，這是她唯一紀念歐陽的方式。

只要她還在乎，那歐陽就不算眞正的死去。

她用自己堅持的方法，沒有違背良心，沒有被仇恨矇蔽，一步一步走到這裡……

不知道哪裡來的力量，讓芬芬能夠抬起頭，張開破洞乾裂的唇，使用如同被火焚燒過的喉，宛若提前預支了部分的靈魂，將其溶解，激發成體力，說出她一段不得不說、邊哭邊說的覺悟。

「我的神明是法律、是正義、是天網恢恢……這、這樣子，你明白了嗎……你明白了嗎！」

德叔忽然停下雙腳，銀色的腳鐐與手銬靜止了錚錚的金屬敲擊聲，手指、手腕、頸間的金戒、金錶、金項鍊變得黯淡無光，平時的驕傲與尊榮皆被銀色蓋過，失去最後的價值。

他重新邁出步伐，因爲沒什麼好說的了。

一面走、一面抬起頭，德叔滄桑且混濁的雙眼睜得很大，無懼來自天空的光芒，只是想確認三尺之上是否眞有神明。

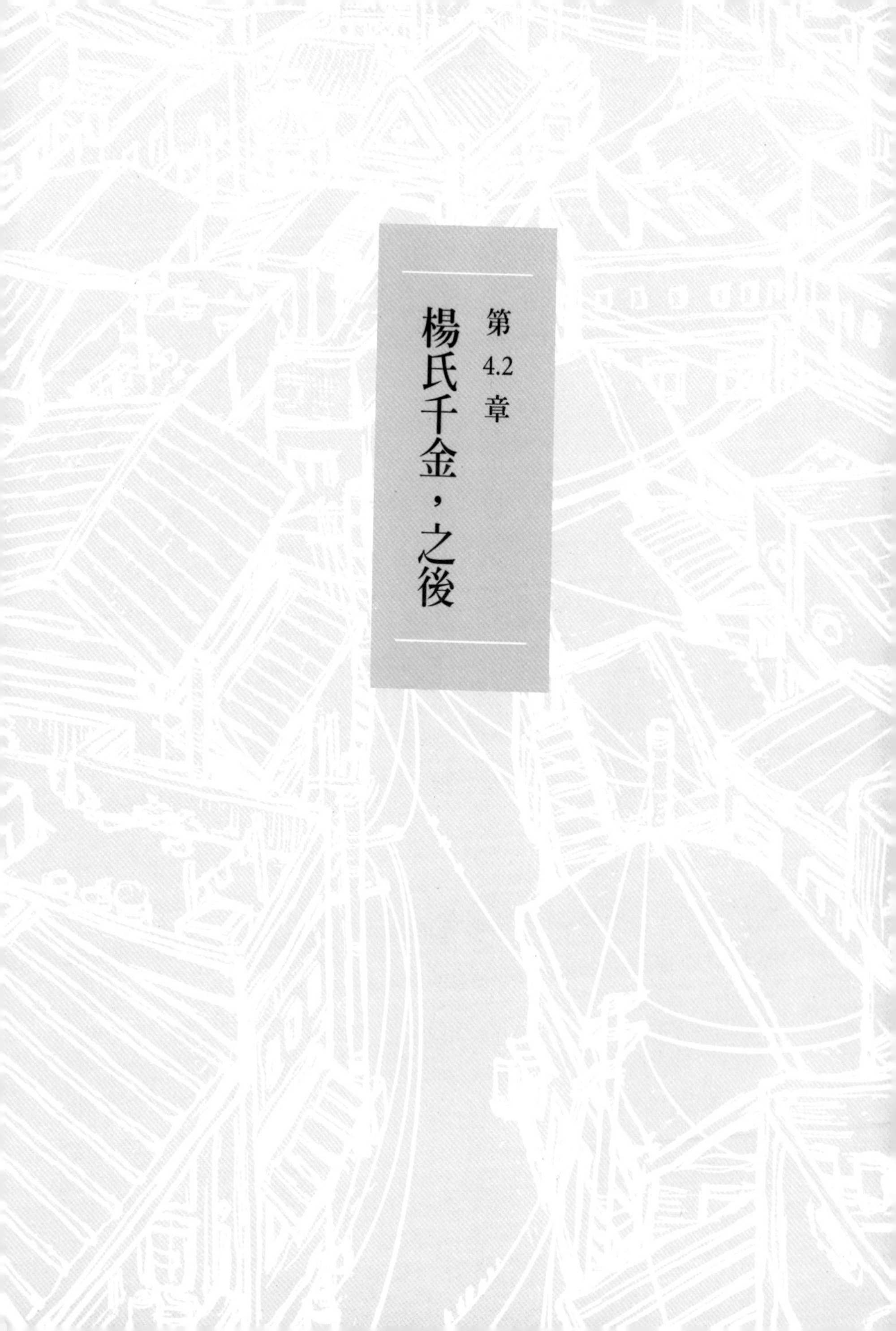

第4.2章

楊氏千金，之後

「告訴我密碼吧，謝律師。」

「喂？妳……是誰？」

「林音。」

「喔，妳是要問什麼密碼……不，等等，妳怎麼有我私人的電話號碼？」

「我爸交代，如果有急事就找你。」

「妳爸呢？」

「他出門了，我才有機會打電話給你。」

「……妳有什麼急事？」

「我需要保險箱的密碼。」

「……」

「放黑資料的保險箱。」

「妳怎麼會知……」

「謝律師，其實你也很想逃離這場災難吧？那我可以很確定地告訴你，這是你最佳也是最後的機會。」

「……」

「被綁在車庫的女人，體內藏著竊聽器，她的遭遇早就即時上傳到雲端。請不要以爲我是在惡作劇，我也是抱持著葬送幸福生活的決心，撥出這通電話。」

「妳、妳到底是什麼人啊？」

「我是林音。」

「我知道，我聽得出來！重點是，這不是國中生能講出的話，妳明白一旦動到黑資料會影響到多少人的命嗎？」

「我只知道，不動，會影響我們的命……另外，老師也常說我比較早熟，大概是因爲我比較想好好活下去的關係。」

「……」

「謝律師？」

「我得打電話跟妳爸談談。」

「你覺得警方不會監聽嗎？」

「……」

「請相信我。」

「相信妳？妳他媽在開玩笑啊？」

「不相信我沒關係，請相信你自己的直覺，那位叫楊芬芬的女人，眞有蠢到報仇前還先行警告？然後單槍匹馬殺上門來？你必定也覺得不對勁吧……」

「……」

「謝律師，這眞的是最後機會，相信你懂的會比我在網路查的還詳細，我們提供了黑資料，一定能轉當污點證人對不對？再加上……黑資料一旦公開，爸爸就得面對無數的敵人，沒有空再找你的麻煩了。」

「……」

「你還在聽嗎？」

「妳是……惡魔嗎……」

「不是，我只是想好好地活。」

「……好，就算我眞給妳密碼，保險箱也不知道藏在哪。」

「我已經在保險箱面前了，只是怕觸發警報不敢碰觸。」

「這、這怎麼可能？」

「畢竟……我媽媽是個很善良又過於單純的女人，三兩下就被釣出口了。」

「妳……妳到底是誰？」

「我是林音。」

□

「爸，在裡面過得好嗎？」

「沒有什麼好不好的。」

「律師有說，還要關多久才能出來嗎？」

「我在裡面比在外面安全，所以我會有一段時間不能回家了。」

「嗯……有沒有缺少什麼東西？下次我跟媽一起來探監時，會全部帶過來。」

「妳們不要再來這種地方了，永遠不要再來。」

「咦？」

「有一句俗語叫作『瘦死的駱駝比馬大』，就算我失勢了，進到這裡也是人人喊我一聲德叔，吃好的、用好的、穿好的，除了活動範圍小一點，其餘跟在外頭沒兩樣，倒是妳們在外面記得注意安全。」

「我知道。」

「缺錢去找謝律師，缺人去找謝律師，不管遇到什麼問題，統統找他就對了。如果他敢不聽話……」

「把他的名字交給聚合幫的魏伯伯。」

「……」

「是嗎？」

「對，妳記得很清楚……我只是不太適應。」

「嗯，對不起。」

「妳……在外頭要替我照顧好媽媽，懂嗎？」

「懂。」

「她雖然年紀大，卻遠遠不及妳聰明，行事沒什麼心眼，容易相信別人，三兩下就被拐得清潔溜溜，妳無論如何都要看好她。」

「可是跟這樣的人一起生活，會比較……安心、快樂吧。」

「不然我怎麼會看上她。」

「媽……這幾天狀況很差，鬱鬱寡歡，常常哭泣，開口閉口就是在說爸的事，而你還這麼無情，不讓她進來會面。」

「……」

「爸，見一面吧。」

「我就是不想聽她在那邊哭爸哭母。」

「別這樣說媽……」

「算了、算了，去告訴她，是我對不起她，會盡量爭取緩刑，看能不能早個一、兩年出去，這樣行了吧？妳不要用這種眼神看我，操，沒大沒小。」

「這種講法就對了，等你出獄，我帶你們去觀光。爸，有沒有看見？這張刮刮樂，看得到吧？這是靠我的運氣抽中的喔。」

「馬的，等我出去，這都過期多久？」

「沒關係，我再去買機票。」

「妳和妳媽去吧，不，不要去沖繩這種地方，去美國或者歐洲都好，住個一年半載的，暫時不要回來。」

「媽媽說，嫁雞隨雞、嫁狗隨狗，絕對不會答應離開台灣。」

「不然，妳們這幾年先搬家，再把名字改一改，等這個風頭過去，我再來想想看後續的事。」

「不用太擔心，我們都很安全的，謝律師常常幫我們的忙。」

「這是他應該要做的。」

「我會眞摯地謝謝他。」

「總之，照顧好自己，照顧好妳媽媽，這段時間都不要再來了。」

「嗯……」

「快點回去吧。」

「好，只是，最後我有一個問題想問。」

「問。」

「你會不會怪我？」

「……」

「爸，對不起。」

「妳沒有錯，即使妳有錯，也是父母沒有教好的錯，馬的，當人家的父母就是這麼倒楣，早在領養妳之前我就有心理準備了。」

「對不起……」

「不用跟我道歉，有關保險箱的事，全部不必告訴妳媽，懂嗎？過去的事就讓它過去，妳們只要想要怎麼過新生活就好。」

「明白了，我和媽會好好地活。」

□

「前輩，芬芬在跟你祈求什麼嗎？」

「她又沒說出口，只是在心中默唸，我怎麼會知道。」

「人家剛出院，就拄著拐杖，直接跑來深山內的財神廟找你，結果你根本沒收到信眾的心念。」

「對啊。」

「這間財神廟不是你的駐點嗎？」

「是啊，但不代表我能窺看人心。」

「……好廢的財神。」

「不過，她無論說什麼都沒差，萬惡的禍首——德叔，自黑資料公開在網路之後，觸怒黑白兩道，許多勢力放話要他死無全屍，他連保住家人都不容易了，沒力氣再對任何人報仇，芬芬現在很安全，我們沒有再插手的空間。」

「這些黑白兩道都不是好東西。」

「黑資料公開之後，檢警雙方開始查辦，台灣見不得光的陰暗世界腥風血雨，很多塵封多年的懸案重啓，數項不爲人知的冤情重獲正義，整個塵世……變得乾淨了一點點。」

「芬芬眞傻，從一開始的目標就該是黑資料呀，幹嘛這樣犧牲自己。」

「德叔怎麼可能將不利自己的罪證放進黑資料，就算因外洩遭到無數敵人追擊，也不會是她希望的報仇方式，我告訴妳，她不是正義使者，她也不會被仇恨矇蔽雙眼濫殺無辜，所以，林音弒父沒被通報，惠姨沒受到牽連。」

「可是她的腳永遠不會復元如初了。」

「這是她要付出的代價。」

「唉……」

「不用嘆氣，至少不是悲劇收場，已經是最好的結果。」

「前輩，芬芬要走了耶，她眞的什麼都沒說嗎？到底有沒有提到我們？」

「不提也好，免得她被當成神經病，將彌留之際的所見所聞，全數歸爲不切實際的妄想很好啊，這樣子方可讓神對塵世的干涉降到最低，如果她天天把在車庫裡發生的事情掛在嘴邊，才眞的有大麻煩。」

「也對……」

「話說回來，這間偏僻的財神廟又只剩我們了，看來我們又得主動去找信徒。」

「前輩，我還有一個疑惑。」

「……妳的問題眞多。」

「這麼多窮神附身在芬芬身上，如同詛咒一般鯨吞蠶食她所擁有的一切，那爲什麼藏在身上的竊聽器沒事？」

「剛剛小菜在現場，妳怎麼不問？」

「我不好意思……」

「對小菜有什麼不好意思？」

「你，到底知不知道答案啦？」

「我知道。」

「說。」

「不要。」

「給我說喔！」

「不要每次稍稍不如妳的意，就訴諸於暴力好不好？」

「你還不說？」

「好，我說。」

「你不要逼我訴諸於暴力，才願意乖乖就範。」

「妳是在檢討被害人嗎？」

「說。」

「妳根本是暴……」

「快說。」

「唉。」

「說說說。」

「雖然財神跟窮神是站在兩個對立面，但我們沒有好壞之分，並不是說財神就是好人，窮神就是壞蛋，如果能先確定這一點，就會知道他們其實也不想要成爲天怒人怨的詛咒。」

「我……似乎能夠理解，就像我們城隍也不想遭眾神白眼一樣。」

「他們知道埋在芬芬體內造價不菲的高科技竊聽器，是她人生最後的希望了，清清楚楚地知道。」

「然後呢？」

「窮神有一條未強制，但人人遵守的工作準則。」

「哪一條？」

「窮神僅奪走身外之物，但絕不奪走希望。」

「……」

「他們不想當個壞人，也不是壞人。」

「嗯，或許，是我誤會他們了。」

故事以前

在寫完《邊緣女神改造計畫》、《殺人犯，九歲》這兩篇故事之後，我的創作能量幾乎消耗殆盡，每天過著醉生夢死的生活。

凌晨四、五點睡覺，下午兩、三點起床，吃的第一餐就是晚餐，反正我單身狗一條，要過怎樣的日子都行，自由業者就有這樣子的好處，不要突然暴斃產生惡臭影響到鄰居跟房價就好，其餘的沒人管，我也不讓人管。

寫作這樣的工作，我一直覺得其實跟刨開自身血肉的自殘行爲差不多，需要一段休養生息的時間，讓皮膚、肌肉、內臟復元，才能再切開、攤開給所有讀者看……

這很正常。

這沒有什麼。

這甚至不值得寫在後記上面。

然而，超乎想像，不可思議的事情發生了。

我的身體開始不受控制，回到電腦桌前面，雙手自動擺在鍵盤，快速輸入名爲

《人間紀錄　超惡意財神》的小說，沒有錯，身體居然和自主意識分離了，像是電腦被駭客入侵，你只能眼睜睜地看著駭客掌管滑鼠，隨意新增或刪除桌面上的檔案，無可奈何。

「到底是誰？到底發生了什麼事？」我的喉嚨發出如六歲小女孩的尖細叫聲，覺得褲襠好像變得濕潤。

「不用擔心。」我的身後傳來撫慰人心的渾厚嗓音。

但我不只是擔心，已經直接尿出來了。

是的，當你在自己獨居的房間裡，聽到有人說不用擔心，那就是非常需要擔心的一件事。

我的手依然用最快的速度在敲擊著鍵帽，無數的文字自動跳上新開的WORD檔，我驚恐地回過頭去看他，雙手還在打字。我試圖看清楚他的容貌，雙手還在打字；當我發現，就算我能看見他的臉，而他的臉完全不能在我腦海中留下任何記憶，雙手還是在打字。

簡單來說，我就算跑去報警，也沒有辦法指認闖進我家的人長什麼樣子，下一回，他假裝是隔壁鄰居，在我面前晃來晃去，我也無法認出他。

「你到底想要做什麼！」我無助地抬高音量，壯自己的膽。

「啊我只是在尋找可以代筆的寫手，見你眞的很閒，所以找你幫忙，沒事、沒事，不用太緊張。」

「沒事個屁，告訴你，我十八般武藝樣樣精通，戰技已達大師級，別人都叫我一聲上三路之王。」

「不要用線上遊戲的等級恐嚇，我會覺得有點悲傷。」

「是嗎……」

「總之，你不需要擔心，我單純是想委託寫手寫稿，沒有別的意思，等稿子寫好了，我就會離開。」

「這個稿子到底要做什麼？最少要給我一點解釋吧！」

「嗯……該怎麼說呢，你們不是很流行一種節目，製作單位利用鏡頭去體驗各行各業的酸甜苦辣，讓觀眾可以打破隔閡，明白及體諒各行各業的辛苦嗎？有吧？」

「你是說一日系列的節目？什麼一日卡車司機、一日飲料店員之類的？」

「沒錯、沒錯，相同的型態有很多變化，總體來說就是這樣的實境節目。」

「那跟我在寫的稿子又有什麼關係？」

「因爲我們……這個該怎麼說呢，嗯，跟你們是不同次元的位階，人類用眼睛、鼻子、耳朵是沒有辦法主動觀測到我們的存在，瞭解我的意思嗎？用攝影機是拍不出來的。」

「……」

「所以我想來想去，覺得用小說這種充滿想像空間的體裁來呈現，必定是最佳的方法，利用第三人稱的視角，讓我挑選出的神明和觀眾直接對話，觀眾會體會到有的時候是非善惡、因果迴圈，並不是那麼容易釐清，不要開口閉口就罵賊老天、說什麼天地不仁、蒼天無眼。」

「……你可以說中文嗎？拜託。」

「反正，你寫就對了，不要這麼囉嗦。」

我感覺得出來，他的耐心好像已經用完了，很顯然我們之間，無論是雇主與寫手的關係，還是歹徒與被害者的關係，我都是令人宰割的一方，實在沒有勇氣繼續質疑對方了。

「沒關係，你說想邀我寫稿，ＯＫ，沒問題，但至少要讓我知道委託者是誰吧？」

「這個倒是有些麻煩……」

「給我一個名字就好，其他我不會多問。」

「這麼遠久的光陰流逝，我有很多名字，也有很多人爲我取了外號。」

「隨便說幾個來聽聽看。」

「比方說『天理』、『自然法則』、『因果的必然』、『地球的意志』、『三千大千世界』、『門之後的存在』，唉唉，林林總總一大堆，我也不是很喜歡。」

「……您有考慮過尋求醫生的幫助嗎？」

「你認眞一點寫，速度要加快，這一本財神寫完之後，還有……」

「還有!?」

「嗯，我得思考一下，再來是要輪到死神、愛神……或是窮神。」

「等等，先不要扯太遠，你好歹要給我一個稱呼，否則我該怎麼叫你？」

「不然你跟大家一樣，就叫我『天庭』吧。」

《超惡意財神》全書完

國家圖書館出版品預行編目資料

超惡意財神 2〔完〕／林明亞 著.——初版.——
台北市：蓋亞文化，2020.01
面；　公分.——
ISBN　978-986-319-457-6(第2冊：平裝)

863.57　　108019948

ST011

超惡意財神 2〔完〕

作　　者　林明亞
封面插畫　小G瑋
封面設計　莊謹銘
責任編輯　盧琬萱
總 編 輯　沈育如
發 行 人　陳常智
出 版 社　蓋亞文化有限公司
地址：台北市103大同區承德路二段75巷35號1樓
電話：02-2558-5438　傳眞：02-2558-5439
電子信箱：gaea@gaeabooks.com.tw
投稿信箱：editor@gaeabooks.com.tw
郵撥帳號 19769541　戶名：蓋亞文化有限公司
法律顧問　宇達經貿法律事務所
總 經 銷　聯合發行股份有限公司
地址：新北市新店區寶橋路二三五巷六弄六號二樓
電話：02-2917-8022　傳眞：02-2915-6275
港澳地區　一代匯集
地址：九龍旺角塘尾道64號龍駒企業大廈10樓B&D室
電話：+852-2783-8102　傳眞：+852-2396-0050
初版一刷　2020年01月
定　　價　新台幣 260 元
Published and printed in Taiwan

ISBN 978-986-319-457-6

ST011
GAEA

超惡意財神 2

蓋亞文化　讀者迴響

感謝您在茫茫書海中選擇了蓋亞，您的支持是我們最大的動力。
不要缺席喔，讓我們一起乘著夢想的羽翼，穿越時空遨遊天地！

姓名：　　性別：□男□女　　出生日期：　年　月　日
聯絡電話：　　手機：
學歷：□小學□國中□高中□大學□研究所　　職業：
E-mail：　　（請正確填寫）
通訊地址：□□□
本書購自：　　縣市　　書店
何處得知本書消息：□逛書店□親友推薦□DM廣告□網路□雜誌報導
是否購買過蓋亞其他書籍：□是，書名：　　□否，首次購買
購買本書的動機是：□封面很吸引人□書名取得很讚□喜歡作者□價格便宜□其他
是否參加過蓋亞所舉辦的活動： □有，參加過　　場　□無，因爲
喜歡出版社製作什麼樣的贈品： □書卡□文具用品□衣服□作者簽名□海報□無所謂□其他：
您對本書的意見： ◎內容／□滿意□尚可□待改進　◎編輯／□滿意□尚可□待改進 ◎封面設計／□滿意□尚可□待改進　◎定價／□滿意□尚可□待改進
推薦好友，讓他們一起分享出版訊息，享有購書優惠 1.姓名：　　e-mail： 2.姓名：　　e-mail：
其他建議：

廣告回信　郵資免付
台北郵局登記證
台北廣字第00675號

To:

蓋亞文化有限公司　收

103 台北市承德路二段75巷35號1樓

Gaea

GAEA